VIP
流星

高岡ミズミ

講談社X文庫

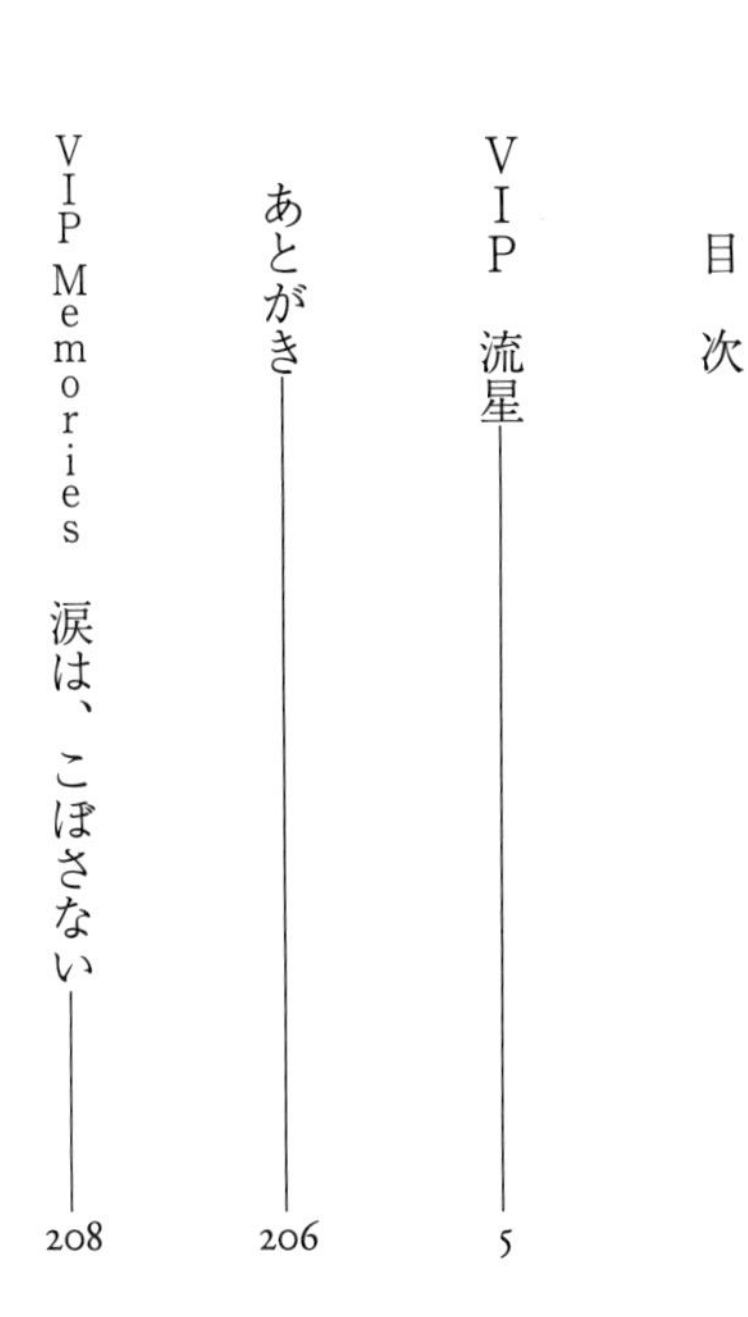

目次

イラストレーション／沖(おき)　麻実也(まみや)

VIP（ブイアイピー）　流星（りゅうせい）

1

心地のいい眠りほど贅沢なことはないのかもしれないと、ベッドで微睡みつつぼんやりと考える。

馴染んだ肌のぬくもりからくる安心感は快楽に近い。

手を伸ばせばそこにあって、ちゃんと応えてくれる。これほどの悦びが他にあるだろうか。

和孝はいっそう肌を密着させ、硬い胸に頬を寄せた。

「ひゃ」

だが、背筋を指で撫でられたせいで思わずおかしな声が漏れる。せっかくの気分も台無しだ。

しかめっ面で渋々片目を開けると、すぐ間近にある端整な顔を睨みつけた。

「せっかくこの、なにものにも代えがたい安らぎに浸ってたのに」

と、口では文句を言いつつ自ら脚を絡めては説得力に欠けるが、けっしていやらしい理由からではない。と自身に言い訳しつつさらに久遠の頬に顔を寄せると、背中で動き始めた手に身を捩って抵抗した。

「駄目。久遠さんはじっとしてて。俺がこの特別な瞬間を独り占めするんだから」

密着したまま早朝の涼やかな空気を吸い込む。同時に、どこか甘ったるい香りが仄かに鼻をくすぐってきて、目の前の肩口に鼻先を埋めてから、ふっと頬を緩めた。

「これ、うちのボディソープの匂いだよな」

くんと鼻を鳴らす。いつもとは微妙にちがっている気がするのは、久遠の体臭のせいか、それとも心情的なものなのか。

「汗をかいたせいじゃないのか？」

この一言には合点がいき、ああ、と顎を上下に動かす。ボディソープの香りと汗、そして体臭に心情的なもの。それらすべてが混じり合って、これほどまで惹かれる匂いになっているというわけだ。

「新鮮っていうのもあるかもな。ほら、狭いベッドも悪くないだろ？」

昨夜の約束はまだ継続中とばかりに久遠を抱き寄せる。

「そうだな」

同意を得たことに気をよくした和孝だが、直後、自然に眉根が寄った。今後のことを考えたからだ。

今日、このあと久遠が部屋を出ていけば、しばらく会えないどころか電話も途絶える。電話くらいいいのではと思わないでもないのだが、そうなった場合、いつかかってくるか、かかってこないのはなにかあったからではないのか、と電話ばかり気にしてしまう自分が容易に想像できた。

それを熟知しているからこそ久遠は禁じるのだろう。

「考えれば考えるほどムカついてくるんだよ」

この腹立たしさばかりはどうにもできない。なにか問題が起こるたびに蚊帳(かや)の外に置かれ、いちいち気を揉(も)み、振り回されるばかりになる——これまでいったい何度同じ目に遭ってきたか、もはや数える気にすらならないほどなのだ。

仕方のないこととあきらめている半面、なにをやっているんだと久遠を取り巻く環境、人間に厭気(いやけ)が差すのはいつものことだった。

無論、久遠自身に対しても同じだ。

いま、これほど近くにいて肌を触れ合わせることができるぶん、いったい何回こんな扱いを受けなきゃならないんだよ、となおさら不満は募る。

「俺、完全にとばっちりだから」

さっきまでの心地よさなど一瞬で吹き飛んだ。せっかくいい気分に浸っていたのに、いったん考え始めると堂々巡りになる。間の悪いことに和孝自身、父親の問題まで降りかかっているせいでよけいにその思いは大きい。

「……なんだろうな」

命運とか星回りとかそういうオカルティックなことには普段興味はなくても、こうなると、周囲に振り回されているというのが間違いで、自分自身がそういうなにかを引き寄せているのではないかと薄ら寒い疑念すら頭をよぎった。

かぶりを振った和孝は、シャワーを浴びて気分を変えようと久遠から離れて上体を起こす。

が、それより早く腰に回ってきた手に引き留められた。

「もう慣れたと言ってなかったか？」

引き寄せられ、肩口で問われて眉をひそめる。ちょっと撫でてやったら喉を鳴らすと高をくくっているのだとしたら、大間違いだ。

「慣れた慣れた。慣れましたよ」

慣れたとでも言わなければやってられない。たとえ本音は、慣れるどころか毎回動揺し、厭になるほど不安になっているのだとしても。

わざとそっけなく返したところ、思いがけない返答があった。

「なら、俺が与えた部屋から出ずに、俺の帰りを待つか？」

「…………」

いや、そうではない。冗談と一言で片づけるにはあまりに身近な問題だ。きっと久遠は何度も考えただろうし、自分にしても強要されたときの反論のひとつやふたつ常に頭の隅にある。

　これまでお互いその話を出さなかったことのほうが不思議なくらいだった。

「あー……」

　間近で久遠を窺う。口調や表情からはなにを考えているのか判断がつかないものの、それはいつものことだ。多少わかったような気になっているからといって、久遠の思考を正確に把握するのは難しい。

　今後もきっと同じだろう。

「どうする？」

　反して、自分の感情は手にとるように久遠へ伝わっているにちがいない。それゆえの、「どうする？」なのだ。

「久遠さんて、意地が悪いところ、あるよな」

　どうせ答えはわかっているくせに、と言外に責めた。そして、体勢を変えると久遠の腹を跨ぐ格好になった和孝は、両手を顔の横について上から見下ろす。

「もしかして久遠さんが寂しくて、俺にいてほしかったりして」

　ささやかなお返しだ。

　にっと唇を左右に引いた和孝だが、

「そうだと言ったら？」

うなじを引き寄せられ、抱きしめられるとそんなことなどどうでもよくなった。

「おまえは俺に従うか？」

唇が触れるか触れないかの状態で見つめられ、覚えのある熱が背筋から這い上がってくる。我ながら単純だと呆れるが、こればかりは自制しようにもできなかった。

「ん……どうしよっか」

この手の駆け引きは苦手だというのに、甘い気分に引き戻される。だが、そういうときに限って邪魔が入るものだ。キスをしようと舌先で久遠の唇を舐めた、わずか数瞬後、これからというタイミングで無粋にも携帯のアラームに邪魔されてしまった。

「びっくりした」

携帯に手を伸ばし、アラームを止める。起きる時間だ。どんなときであろうと仕事には行かなければならないし、厄介な状況になればなるほど、やるべきことがあるありがたさを実感できるのも本当だ。

たとえそれがよけいなことを考えずにすむといういささか消極的な理由からだとしても。

「朝ご飯作るから、久遠さんも適当に起きてきて」

それだけ言うと今度こそベッドを抜け出し、裸のまま寝室をあとにする。キスくらいちゃんとしておけばよかったとシャワーを浴び始めて気づいたものの、うっかり止まらなくなったときのことを考えると寸止めで正解だったような気もした。自分が快楽に弱いことは、これまでの何回、何十回かの経験で十分すぎるほど自覚がある。

「けど……当分会えないんだよな」

言葉にすると、急激に不安に駆られる。頭から熱が引いていく、あるいは濡れた足の裏から冷気が這い上がってくるような感覚だ。

昨夜、いつもと同じだと久遠は言っていたけれど、ひどく胸騒ぎがするのは過敏になりすぎているからだろうか。

これまでもこういうことは何度もあった。久遠が同じと言ったのだから、よけいな邪推をしたところで無意味だ、と重々わかっているというのに、こうも次から次では一息つく間もない。

黒幕が誰だか判然としないというのがなにより気持ちが悪い。知らない奴にまんまと踊らされているのが悔しかった。

ぶるりと頭を左右に振って、シャワーを切り上げると首にタオルをかけたままその足でキッチンに立つ。

しばらくして同じくシャワーを終えた久遠がリビングダイニングにやってきたが、生乾きの髪、トレーナーにパジャマのズボン姿の自分とはちがい、ワイシャツとスラックスを身につけ、上着さえ羽織ればすぐに出かけられるような出で立ちだった。

すでに腕時計まで装着済みで、相変わらずだと呆れる。どんな局面に立たされても隙を見せないところは昔から同じだ。

久遠もそう思ったのか、和孝を見てため息をこぼした。

「髪がまだ濡れてる」

そのうち乾く、と思ったものの逆らわずに手にしていた菜箸を置く。あとは卵焼きを作るだけなので、テーブルに緑茶を用意してからリビングダイニングから洗面所へ移動した。

五分後に戻った和孝は、朝刊に目を通している久遠を目にする。この姿も見慣れているにもかかわらず、知らず識らず釘付けになってしまうのは、おそらく自分にとってずっと変わらない光景だからだろう。

十七歳の頃から目にしてきたものだ。

たとえばマルボロを挟んだ長い指だったり、こめかみを押さえる仕種だったり、片頬だけで笑う癖だったり。

そういうものすべてに胸を焦がすと同時に、安堵もしているのだ。

「……ロマンチストかよ」

自身の思考に照れ、舌打ちをする。

その後手早く卵焼きを作った和孝は、料理をテーブルに並べていった。自分ひとりのときは簡単にすませる朝食も、ふたりなら皿を置く位置ひとつにもこだわりたい。

焼き魚にカボチャの煮物、卵焼きとキュウリの酢の物、味噌汁を用意して、どうぞと久遠に勧めた。

もっとも和食なら、料理人としてというより冴島の影響が大きい。居候になっていたのは短い間だったが、その間に体調管理から精神的なケアまで面倒をみてもらった恩は一生かかっても返せるかどうかわからないと思っている。

「俺のことを思い出したら、たまにはそっちから電話してよ」

できるだけさりげなく水を向けた。

一番知りたい、いつまで続くのかという点に触れずにいたのは、不愉快な話は食事中にするもんじゃないと、これも冴島から教えられたことだからだ。

久遠の返事は、ああ、の一言。

果たして電話はかかってくるのか、そもそも自分の存在を思い出してくれるのかと考え始めたらきりがないので、それ以上の追及はやめておく。代わりに、

「まあ、こっちもしばらく父親の件でばたばたするし」

自分は自分で一刻も早く終わらせたい頭の痛い事案があるからと、暗に強調しておいた。

本音を言えば投げ出したい。だが、孝弘のこともあるし、すでに顧問弁護士の榊には、

『月の雫(しずく)』を引き受ける返答をしてしまっている。

あのときはもう考えるのも面倒で投げやりな気持ちになっていたとはいえ、どうして了承したのか。後悔していないといえば嘘(うそ)になる。

一方で、自分が撤回しないこともちゃんと自覚していた。資金繰りがつかなかったのならまだしも、すんなり解決した以上、すでにやめる理由がなくなってしまった。

どういう店にしようかと、頭のなかには考えもある。となれば、四の五の言わず、あとは前に進むだけだ。

「父親の顧問弁護士がいろいろと力になってくれるから、大まかな部分は任せようかなって思ってる」

「榊洋志郎(ようじろう)だったか」

久遠が榊の名前を把握していることについては――いまさら驚かない。自身が問題を抱えているなか調べてくれたのは自分のためだとわかるだけに、どこかくすぐったい気持ちにもなった。

「そう。フットワークが軽くて、エネルギッシュで。なんだかテレビドラマにでも出てきそうな先生」

三十六歳とまだ若く、長身で、俳優のような見た目だ。なにしろ先日Paper Moon(ペーパームーン)へ客として来た際にはイタリアブランドのスーツを着こなし、腕時計はオーデマ・ピゲと、絵に描いたような紳士ぶりだった。

　しかも外見のみならず経歴にも文句のつけようがないうえ、仕事に対して熱意があり、同業者の評判もいい。

「顧問弁護士料、めちゃくちゃ高そうって思うだろ？　これがどうも良心的価格らしいんだよな」

　あまりに隙がなくて、へそ曲がりな性分としては粗探しのひとつもしたいところだが、これといって非が見つからないのだからお手上げと言ってよかった。

　テレビドラマに出てくるような弁護士も稀に実在する、つまりはそういうことだ。

「任せきりにせず、自分で判断したほうがいい」

　久遠の助言には、軽く頷く。

「もちろんそうするけど、六、七年個人的につき合いがあるっていう村方くんのお父さんのお墨付きだからなあ」

　大絶賛、と続ける。

「完璧な弁護士、か」

「そんな感じ」

　久遠が鼻で笑った。

「それを鵜呑みにしろと？」

こういう言い方をするのは、なにか引っかかっているからにちがいない。

「あー……それはまあ」

久遠が疑う理由はわかる。和孝自身、突然店に榊が来たときは警戒心を持ったのも事実だ。

とはいえ、父親の顧問弁護士である以上は良好な関係を築きたいし、村方の父親が太鼓判を押すくらいなので榊が有能なのは確かで、こちらとしては仕事さえちゃんとしてくれるならそれでいいと思っている。

「たぶんさ、世の中には清廉潔白な人間っているんだよ」

自分たちとはちがって、と苦笑する。実際、後ろ暗いところがあるせいで、他人に対して疑り深くなるのだろう。

久遠の場合は職業病だし、自分はきっとそんな男に毒されているのだ。

現に久遠の周りにいる人間は誰も彼もが胡散くさく見える。三島しかり、以前偽名で近づいてきた鈴屋しかり。

警護のために代わる代わる姿を目にする木島組の組員たちも、じつのところこれっぽっちも信用していなかった。

やくざだから。

自分にとって疑う理由には十分だ。榊ですら全面的に信じられずにいるのは、久遠と再会して以来、数々のトラブルに見舞われたことを考えれば当然とも言える。

「任せきりにする気はないから安心して」

和孝がそう返すと、一応納得してくれたのかそれ以上久遠が言葉を重ねることはなく、じつに平穏な雰囲気のなか朝食を終える。

あえて明日からのことは話さずに、まだなにも決まっていない月の雫に関する資金の返済プランについて口にのぼらせた。

現時点でこれがもっとも無難だから、というのもあるが、少なくともこちらは身近で建設的な話だ。

それが功を奏し、十数年後の完済時には久遠と向かい合って祝杯でもあげようか、そんなのんきなことを思えるほどには前向きになっていた。

「久遠さんは？　これからまっすぐ事務所？」

朝食後、先に出ていく久遠を玄関で見送る。本音を言えば、今日くらい車に乗るところまで見届けたい気持ちはあるが、ファミリー層がメインのマンションではそうもいかない。Paper Moonから近く、広さや家賃の面でも満足しているため、噂にでもなって引っ越しを強いられるような事態は――極力避けたかった。

「いってらっしゃい」

いつもどおり声をかける。

「いってくる」

久遠の返事も同じだ。あっさりドアを出ていった久遠に、なんだよ、と不満を口にするところまでもはやお決まりと言ってもいい。

ため息を押し殺しつつ、和孝も出勤の支度に取りかかる。洗い物をすませてから着替えをしていると、カウンターテーブルの上で充電中の携帯が鳴った。

孝弘からのメールだ。

『おはようございます。お父さんの退院が決まったので、メールしました』

孝弘もちょうど登校準備の最中か。メールには退院の日付も記されている。

「来週月曜日の午前中、か。順調でよかったよ」

おめでとうと返す。もともと仕事を理由に顔を出す気はなかったものの、知らん顔を決め込むわけにもいかないので、花のひとつも自宅へ送っておくくらいの義理は果たすつもりだった。

無視するなんて、いまさら子どもっぽい真似(まね)をする気はない。

「…………」

と、自分の思考に顔をしかめる。小学生の弟にすべて任せっきりにしているのは事実で、なんやかやと言い訳ばかりだしで後ろめたさはどうしてもあった。

ふたたびメールが入る。

『お父さん、先生に自宅療養するって約束して早く退院させてもらうのに、その日から店に顔を出すって言ってる』

　こちらは怒りの顔文字つきだ。

　あのひとらしい、と呆れると同時に、たぶん自分でもそうするだろうと容易に想像できた。周囲に止められても、大丈夫だからと笑って返す場面まで思い描き、落ち込みそうになる。

　自身の性格は多分に父親譲りだと、これまで厭になるほど突きつけられてきた。つまり、不快に思う部分ほど似てしまうとよく聞くケースに自分も当てはまっているというわけだ。

『退院したあと、昼休憩のときに電話をするってお父さんに伝えておいて』

　孝弘に返信する。

　店に出るなと止めるためではない。ましてや労うためでも。

『お父さん、喜ぶ』

　笑顔の顔文字つきのメールには申し訳ない気持ちになったが、あえて『よろしく』の一言だけ送った。

『いってらっしゃい』『お兄さんも』ほほ笑ましいやりとりを最後にメールを終えると、ふたたび月の雫のことを考える。父親の強い希望がある以上、一般的にはそれを叶えるのが息子の役目だとわかっているし、そうしようと話を進めてもいるが、いまだすっきりしていないのも本当だ。

ようはとっくに切ったはずの縁がまだ繋がっていた、その事実にこだわってしまっているのだ。

水より薄い血がこの世にはあると信じてきた身としては、父親の言動にも自身の対応にも戸惑いが残る。おそらくどの道を選択してもそれは同じだろう。

なにがベストであるかわかるのはずっと先かもしれないと、ジャンパーを羽織りつつ、和孝は我慢していたため息をこぼした。

自分のこういう部分が好きではないし、変えたいと思っているのにいつまでたってもこの有り様だ。もし村方みたいに楽観的で、津守のように前向きな性格であったなら事態はずいぶん簡単だったはずだ。

「だから、こういうところが駄目なんだって」

かぶりを振り、ともすれば鬱々となりそうな気分を振り払う。これから仕事に向かうのだから、よけいなことは考えず、とりあえず今日を精一杯乗り切ることが先決だった。

テーブルの上に置いた携帯を取り上げ、ポケットに押し込む。

そのタイミングで着信音が鳴り始め、すぐにポケットから出した。

「榊さん？」

こんな早い時間にいったいなんの用なのか。まさか父親がなにか言い出したのか。疑心暗鬼になり、身構えて電話に出る。

だが、和孝の耳に届いたのは、拍子抜けするほど明るい声だった。

『おはようございます。榊です。朝早くからすみません。お店に出る前のほうがいいかと思って、早いけど電話してみたんだ』

昨日も夜遅くに連絡があった。どうやら榊はクライアントひとりひとりの都合に合わせてくれているようだが、それほど簡単ではないだろう。しかも、厳密に言えば自分はクライアントですらない。

「あ、はい」

『一応確認。明後日(あさって)、十七時半で大丈夫かな』

「大丈夫です。わざわざありがとうございました」

職業柄なのか、それともそういう性分なのか、榊の細やかな気配りには感心する。明後日の食事に関しても、榊からすれば仕事の範疇(はんちゅう)外なのに。

「すみません。父が面倒なことを言い出したばかりに」

『謝らないでください。クライアントの希望に寄り添うのが僕の仕事ですから』

評判がいいわけだ。見た目、物腰、口調。穏やかでありながらこちらに安心感を与える頼もしさもあって、父親は榊のような弁護士と出会って幸運だったとつくづく思う。

「父の顧問弁護士は、半年ほど前からですよね。前の先生からの紹介とかですか？」

――顧問弁護士を角田先生から、榊洋志郎先生に変えられましたよね。どうしてですか？　榊先生が刑事事件を多く取り扱っておられることと関係があるんですか？

SNSの書き込みを思い出し、ほんの軽い気持ちで問う。

『ええ』

にこやかな答えが返ってきた。

『角田先生が仕事をセーブされることになったので、ご紹介いただいたんですよ』

「そうだったんですね。なら、ユニオンコンサルティングファームを父に紹介してくださったのは榊先生ですか？　俺、一度先方に話を聞きにいきたいと思ってます」

これについても特に深い意味はなかった。ちょっとした助言でもあるなら、という程度だったのだ。

『それは――あまりいいこととは思えません』

そのため反対されたのは予想外で、和孝は次の言葉を待った。

『たとえ息子さんであっても一線を引いてほしいところはあるんじゃないかな。特に柚木さんは、ご自身がプライドを持って事業を拡大してきた方ですから、和孝くんに首を突っ込んでほしくないことも多いでしょう。店の再建に関しては、お父さんを信じて任せませんか？』

ぐうの音も出ない、とはこのことだった。こちらでフォローできることがあるならさっさとやってしまいたいとか、これ以上面倒な事態になる前に先手を打っておきたいとか、そういう個人的感情を見透かされたような気もした。

痛いところを突かれて、苦笑いで応じる。

「そうですね。父に任せておくべきだと俺も思います」

よかった、と榊が安堵の様子で答えた。

「じゃあ、明後日よろしくお願いします」

『愉しみだな。忙しい時間にお邪魔しました』

榊のその言葉を最後に電話を終える。ふたたび携帯をポケットに突っ込んだ和孝は、愉しみではないよな、とどうでもいいことを心中でこぼした。むしろ気重ですらある。月の雫について榊と話をするにしても、現時点でいったいなにを話せばいいというのだ。

月の雫をどういうバーにしたいか、父親には父親の理想があるのだとしてもそれを全面的に受け入れる気はないし、本音を言えば口出しは一切拒否するつもりでいる。

譲り受けたあとは自分の裁量ですべて仕切っていきたかった。そうでなければ仮にうまくいかなかった場合に後悔が残る。うまくいってもいかなくても自分で責任を持ちたい、この一点は榊に伝えておくべきだろう。

「……けどまあ、失敗する気はないけど」

久遠が情のみで資金を出してくれるとは考えていない。勝算があるからこそで、もし負け戦(いくさ)と判断しているなら、やめておけと初めから反対するに決まっているのだ。

久遠の期待に応える意味でも、どうしても成功させたかった。

「…………」

久遠のことを考えると、自然にしかめっ面になる。久遠に問題があるわけではなく、自分自身の問題だった。

なにしろさっき別れたばかりだというのに、もう顔が見たいと思ってしまうのだ。当分会えないとわかっているだけに、よけいにその欲求は強い。

いつもと同じだと、あの言葉は不要な心配をするなという気遣いか、それとも現段階では同じという意味か。

木島組の状況に関しては、あまりに不確定要素が多すぎて厭になる。いくら自分が心配しても、一ミリも役に立たないどころか場合によっては足を引っ張るはめになるとわかっているだけに、なおのこと鬱々とする。

いや、それこそ無駄だ。

ジャンパーの前を首まで閉めると、ヘルメットを手にして部屋をあとにした。

しばらくまたスクーターでの往復だ。周囲がきな臭くなるたびに徒歩での行き来を控えているのは、のんびり散歩をする気分じゃないという以上に、その間警護をしてくれる組員たちにできるだけ負担をかけたくないからだった。

ここが久遠の正念場だと、素人ながらに感じ取っている。

これを乗り越えたら安心というわけではないが、万が一にも躓いてしまったときは窮地に陥るだろうことは容易に想像できる。

おそらく木島組は一気に勢いをなくしていくだろうと。

木島組は組長ありきだ。

異例と言われる早さで若頭の地位まで駆け上った久遠の存在があったからこそ、大きく成長していった半面、出る杭は打たれるという言葉どおり世間の風当たりも強い。なにかあれば、こぞって世間は木島組に集中砲火を浴びせるはずだ。

くそっと小さく毒づいた和孝は、スクーターに跨がり店へと向かう。すっかり冷たくなった朝の風を頬に受けつつ後ろ向きな考えを振り払い、曇天の下、前を見据えてスロットルを回した。

2

榊(さかき)とあらためて向かい合った和孝(かずたか)が真っ先に思い浮かべたのは、料理学校に通っていた頃になにげなく観(み)た海外のリーガルドラマだった。

ニューヨークの洒落(しゃれ)たオフィスで働くハンサムな弁護士が難事件に挑むという一話完結のドラマで、大人気だというだけあって毎回痛快な結末に胸がすく傍ら、たまに切なさや寂しさも織り込まれていて視聴者を飽きさせなかった。

そういえば主人公の恋はどうなったのだろう。確か元カノが現れたあたりで時間が合わなくなり、途中で観なくなってしまったためその後の展開はわからずじまいだ。

「今日は来てくれてありがとう」

シャンパングラスの向こうから笑顔でそう言われ、和孝は笑い返す。いやいやいくらなんでもこれはないだろと内心で突っ込んでいようと、すでに席についてしまったのだからしばらくはこの状態を続けるしかなかった。

車での迎えを固辞し、改札口で待ち合わせをした後、榊が向かったのは予約をとるのに苦労すると聞くフレンチの有名店だった。

レストランやバーで賑(にぎ)わう繁華街の一角にあるビルの地下、慣れた様子で扉を開けた榊に促されて先に店内へと足を踏み入れた和孝が、エスコートでもされているような居心地の悪さを覚えたのはしようがないことだった。

淡い灯りに包まれた店内は噂にたがわず洗練された雰囲気でありながらあたたかみも感じさせ、数年前にオープンして以来あっという間に口コミで評判が広がっていったというのも頷ける。

特別な記念日にしたいからと予約する客が後を絶たないと聞くが、周囲のテーブルはカップルが多く、友人同士や家族連れと思しき客にしても、大前提としてみな親しい間柄に見える。

こんなロマンティックな空気のなかで傾いたバーの話をしてもいいのかどうか。少なくとも和孝は躊躇しているし、すぐに切り出そうという意気込みも削がれた。その代わりに、本来の目的を今一度頭のなかで確認していた。

月の雫に関してこちらの条件を提示し、いかに榊に父親を説得してもらうか。それを話し合うためだ。

事務所でもできる話なのに、あえてレストランで食事という形をとったのはどういう経緯からだったか、いまとなってはもう思い出せない。榊に誘われ、軽い気持ちで承知したような気がするが、それがまさかこうなるとは——予想だにしていなかった。

ジャケットを着てきたのは正解だった。ラフな格好をしていたなら、いま以上に居心地が悪かっただろう。

「そうだな。じゃあ、月の雫に乾杯しようかな」

グラスを掲げた榊に、頰が引き攣りそうになりつつも倣う。

月の雫に乾杯なんて、自分にしてみればブラックジョークも同然だ。榊がいたって真面目なだけに辞退することもできず、グラスが軽やかな音を立てるのをなんとも表現しがたい心境で聞くしかなかった。

「コースには入ってないんだけど、この店は白トリュフのオムレツが絶品なんだ。それも一緒に頼みましょう」

反して、榊は愉しんでいる様子だ。それが表面上だけだとしても、まるで仕事のことなど忘れたかのようにリラックスして見える。

「榊先生」

このまま躊躇していてもしようがないので、無粋と承知で和孝は本題を切り出した。

「あの、それで、月の雫のこと、父はなにか言ってましたか」

月の雫を自分に任せたいというのが父親の意向であることは理解している。いまだすべて吞み込んだとは言いがたいものの、和孝にしても自分の手で月の雫を生き返らせたいという気持ちに嘘はない。

しかし、それもこれも父親がこちらの出す条件に納得してくれれば、だ。

榊は真顔になると、顎を引いた。

「お父さんはどうしても譲りたいそうで、息子からお金を受け取るつもりはないと仰ってますね――もう少し時間をもらえないかな。和孝くんの気持ちは、きっと理解してもらえるはずだから」

心強い言葉だ。そう思うと同時に、申し訳ない気持ちにもなる。親子喧嘩の仲裁に入ってもらっているような気まずさは、どうしてもある。

「よろしくお願いします。買い取りたいという俺の意思は変わらないので……榊先生にはご面倒をおかけしますが」

頭を下げた和孝は、切り札とばかりに先を続けた。

「こちらの資金繰りはついたと、それも伝えてください」

準備は整っているのだから文句はないだろうと、この場にはいない父親への牽制のようにも思えてきて、さすがにおとなげないかと和孝はこほんと小さく咳払いをした。

「――わかりました。さすが、早いな」

榊の返答が、気まずさに拍車をかけた。早いのは、けっして自身の力量によるものではない。口でどう言おうと、久遠に甘えているのは事実だ。

自力でどうにかするつもりでいたけれど、結局のところ大金を工面できるのは久遠がいるからで、そうでなかった場合、月の雫を買い取るなんて現実的に無理な話だった。

「よろしくお願いします」

再度、深々と頭を下げる。間に入ってくれている榊の交渉次第で、この問題が早く片づくか長引くかが決まるので、まさにすがるような心地だった。

「任せてください。それより、いただきましょう」

榊が笑顔で勧めてくる。目にも鮮やかな前菜に使用されている魚は、Paper Moonでは

まだ使ったことのない高級魚、クエだ。

表面を軽く炙ってあり、上品な脂が舌の上で蕩けて九条ネギとの相性もいい。

運ばれてくる料理はどれも評判どおりであるだけに、やはり定食屋か居酒屋をこちらから提案すればよかったといまさらながらに悔やむ。

「すみません。お忙しいのにご面倒をかけてしまって」

申し訳なく思っているのは事実でも、そもそも話の内容が内容なので、これ以上この場では突っ込んだ話をしにくかった。

「気にしないで。僕が好きでやっていることです。それに、いつもひとりの味気ない食事だから、今日は和孝くんと一緒で愉しいし、誘ったのは僕のほうでしょ」

「……それなら、いいんですが」

やわらかな笑みを見せる榊にどんな反応をすればいいのかわからず、曖昧な返答をする。仕事かどうかはさておき、男相手に向けるにはいささか優しすぎる笑顔だ。

そういえば——月の雫でマティーニを寄越すようなひとだったと思い出し、急におかしくなって小さく吹き出した。

「あ、すみません。でも、榊先生だったら、食事の相手には困らないでしょう」

弁護士という職業に、容姿、持ち物、言動。ともすれば厭みに思えるほど文句のつけようがないはずなのに、榊を前にするとその印象が面白いほど変わる。

仕事に対する熱、真摯な姿勢。クライアントのためという言葉に嘘はないとちゃんと伝わってくる。しかもそれは仕事に止まらず、マティーニの件にしても今回のレストラン選びにしてもよかれと思って尽力してくれたのだろうと察せられるのだ。

むしろこちらに関していえば、不器用にすら思えてくる。

「もしかして、僕はなにか失敗しただろうか」

職業柄、勘もいいようだ。微妙な空気を感じ取ったのか、まっすぐこちらを窺ってくる榊に和孝は慌ててかぶりを振った。

「いえ。予約がとりにくいと聞いているので気後れしていただけです」

これには、思いもよらない返答があった。

「BMのマネージャーだった和孝くんを誘ったからには、やはりこれくらいのお店じゃないと」

同時に、そういうことかと合点がいく。といっても和孝にしてみれば、いまさらというのが本音だった。

ＢＭのマネージャーを任されていた頃にはセレブ相手にパーティを取り仕切ったことも
あったし、個人的に給仕役を頼まれたこともあったが、すでにそれは三年も前の話だ。

現在の自分は小さな店を必死で切り盛りしている駆け出しのシェフにほかならない。

「一度だけ同伴者としてＢＭを訪ねたとき、本当に驚いた。こういう場所があったのかって。昭和の化石だと陰口を叩く者もいたようだけど、僕から見れば歴史そのもの。続けていってほしかったよ。なにより」

秘密でも打ち明けるかのような口調で静かにそう言った榊が、肩で息をついた。

「玄関ホールに立つきみは凜としていて――誤解を恐れずに言わせてもらうなら、きみの存在があってこそ完成する場だと思ったんだ」

「………」

やはり印象というのは重要だ。もし同じ台詞をまったく別の人間が口にしたなら、和孝は迷わず席を立ったにちがいない。なにか裏があるのか、ないならないで気味が悪い、そう思っただろう。

だが、こちらを見てくる榊の双眸はまっすぐだ。ある意味純粋なひとだというのはわかっているし、ＢＭと、マネージャーだった自分に対する心からの敬意も伝わってくる。

「おそらくＢＭは、特別な空間だったんだろうね」

これについてはそのとおりだ。いい意味でも悪い意味でも特別だった、と思っている。もしかしたら榊のようなひとこそＢＭに馴染んだかもしれない。

なにに対してもまっすぐなんだ、と多少あった苦手意識が薄れていくのを感じていた。

「ありがとうございます。なんだか、あの頃のことはもう遠い出来事のような気がしますが」

照れくささもあってそう答えると、榊の口許が綻んだ。

「確かに三年は短くない。でも、十年に比べたら、すぐだと思うよ」

「――そうですね」

十年という一言に、和孝は鈍感ではいられない。榊は知るよしもないことだが、十年前、まさに人生の転機が訪れた。

十七歳の春に久遠と出会ってから十年。

長かったようにも、あっという間だったようにも感じる十年だったが、おそらく一生においてはそう重要ではないような気がする。

たかだか十年。久遠とともに歩く道は、この先のほうが長いのだから。

「和孝くん」

「あ、はい」

うっかり横道にそれた思考を元に戻す。

「僕としては、お父さんの心情に配慮しつつ、きみの意向に添えるようできる限りのことはしていくつもりでいるから――よろしくお願いします」

頼もしい言葉を聞いて、いま一度礼を述べた。みなの評判がいいわけだ、と内心で感心しながら。

「榊先生ご自身は、BMの会員になろうとは考えなかったんですか？」

入会希望者のなかに榊の名前を見た憶えはない。もっとも実際に検討するのは希望者のうち三割程度だったし、そのうち会員資格を得られる者はもっと少なかったので、単に目に留めていなかっただけとも考えられる。

「僕が会員に？　まさか。一介の弁護士が望んで会員になれるようなクラブじゃなかったでしょ」

榊の表情に、一瞬だけ影が落ちる。どうやら見間違いではなかったようで、榊は軽く肩をすくめたあと、笑顔のまま自身について語り始めた。

「育った家も貧しかったしね。母子家庭で母には本当に苦労をかけた。大学は奨学金で行ったんだけど、生活費を稼ぐのにいろんなアルバイトをした」

意外な話に、和孝は興味を抱いて耳を傾ける。華麗ともいえる榊の経歴からすれば、俄には信じられないほどだった。

「いろんなアルバイト、ですか？」

「子どもの頃は、新聞配達の他に捕まえたカブトムシを売ったこともある。結構、いい値段になるんだよ。友人の課題を代わりにやるっていうのは大学まで続けていたし」

淡々として聞こえるが、並々ならぬ苦労をしたにちがいなかった。その証拠に、榊の笑顔はやはりどこか苦く見えるのだ。その理由を問うまでもなかった。

「やっとの思いで司法試験に合格して、これからは楽をさせられると思っていた矢先に呆気なく母は亡くなってしまって——母に幸せな時期はあったんだろうかと、いまでも考えてしまうんだ」

榊が再三にわたって父親との折り合いをつけるよう求めてくるわけもわかったような気がした。自身に後悔があるためだ。

後悔をいまだ消化できず、ずっと胸の奥に残し続けているのかもしれない。

「きっと、いまの榊さんの姿を見たら喜ばれるんじゃないでしょうか」

柄にもないことをうっかり口にしてしまったのはそのせいだろう。なんて陳腐なのかと、慰めにもならない言葉をかけたことが恥ずかしくなり、思わず眉間に皺が寄る。

「すみません。わかったふうな口を利いて」

すぐに謝罪した和孝に、榊はやわらかな印象の目尻を下げた。

「どうして。僕は嬉しいのに」

嬉しいという言葉に嘘はないのだろう。照れくさそうに鼻の頭を掻く。

「和孝くんの優しい気持ちが伝わってきた。本当にきみは——」

その先は口にされなかったが、なんとなくまなざしで伝わってきた。問えば、過分な評価が返ってきそうだと察して、和孝はあえて口を噤んだ。

きっとBMのマネージャーだった頃のイメージが根強く残っているのだ。先刻のBMの話といい、いまの言い方といい、榊が初めから自分に対して好印象を抱いてくれているとわかる。

久遠が知れば「暴れ馬なのにな」と笑うはずだし、沢木なら「騙されてんだろ」と一蹴するにちがいないが。

「でも、正直少し意外だな」

「え」

「和孝くんは、亡くなったひとにこだわるより、生きてる者が前を向いて歩けばいいって考えるほうだとばかり」

「あー……」

死んだらそこで終わり、なんて明確な主義主張があるわけではない。幼い頃に母を亡くした身としては、むしろ願望も含めてあの世は存在すると思いたかった。でもそれは、母の記憶がない自分にはあまりにあやふやで、脆く、儚い願望でもあった。

それならそれでいいという考えに至ったのは、久遠の影響だ。

久遠は、両親がなぜ死ななければならなかったのか、それを知るために裏社会に足を踏み入れたと聞いた。当初頭にあったのは、目的のためにのし上がっていくことだけだったのだろうと想像できる。

おそらく久遠にしてみれば、あの世があってもなくてもどちらでもいいのだ。たぶんこだわったのは亡くなった両親にではなく、自身のなかにある憤懣（ふんまん）だった。

「ああ、気を悪くしたならすまない。僕の勝手なイメージだから、聞き流してくれたらありがたい」

「あ、いえ。ぜんぜんです」

「本当に？　だったらいいんだけど」

どこから見ても紳士然としていながら、子どもみたいに目を細めて安堵（あんど）する榊に和孝も肩の力を抜く。努力すると榊が言ってくれたのだから、自分は自分でやるべきことをやればいいだけだった。

「昔から可愛（かわい）げのない子だったんです」

ここまで関係が拗（こじ）れてしまったのは、父親のせいばかりとはいえない。もし自分に孝弘（たかひろ）のような素直さがあれば結果はちがっていただろう。

いまこうなっているのは、お互いの責任だ。

「そういう気の強さも和孝くんの魅力でしょう。あとは、自身の外見を武器にしていないところも」

あやうく食後のコーヒーに噎せるところだった。気の強さが魅力なんて、これまで誰にも言われたことがない。褒められ慣れていないせいで、榊の賛辞をスマートに躱す術がわからず頬が熱くなる。

「弁護士って、みんな口がうまいんですか」

ははは、と笑って受け流そうとした。しかし、榊はなおもこちらをまっすぐ見てきて、恥ずかしい台詞を並べるつもりのようだった。

「僕は思ったことしか言わないよ。口先だけの言葉に意味はないし」

「まあ、イケメンレストランで売ってますけどね」

和孝にしてみれば、自虐ネタだ。いまはイケメン揃いのレストランでもなんでも話題になってくれればそれでいい。が、先々はやはり料理や接客、そういう本来のもので評価されるために努力しているのだ。

「それは、きみが武器にしたわけじゃなくて、相手が勝手に寄ってきて心臓を射貫かれているだけだよね」

榊の言葉は常に明快だ。こちらに戸惑う隙すら与えないところはやはり職業柄か。自身の発する一言一言の影響力を知っているからこそでもある。

そういう部分は久遠に通じるものを感じるが――両者の間には歴然とした差があった。

榊の身近にいる相手には安心感があるだろう。反して久遠の場合は端的で合理的であるがゆえに、厭になるほど頭を悩ませなければならない。その点では、真逆だとも言える。

一方で、自分ときたらいつまでたっても置いていかれないよう必死だ。

ああ、駄目だな。

心中で和孝は自嘲する。三十半ばの男を前にすると、やたら久遠と比較する癖をまずはどうにかすべきだろう。相手に失礼だし、自分の精神衛生上も悪い。

「話を戻していいですか？」

和孝は、あえて食事中には避けた話題を切り出した。レストランの雰囲気には不似合いだとしても、食事だけして帰ったのではここまで来た意味がなくなる。

「ネットでの風評被害のこと、父とはどういう話になりましたか？」

どうせろくにネットの評判など見ていないはずだ。産地偽装にしても法外な価格にしても、真実を突き詰めようとしていたかどうかも怪しい。

「そうですね。お父さんは他人の意見に耳を貸す方ではないので」

失礼、といったん目礼した榊は口調を仕事モードへ切り替え、先を続けていく。

「基本的に言いたい奴には言わせておけというスタンスです。当然、そういうネットの悪評に対して法的手段をとろうなんて気持ちは少しもお持ちじゃない」

父親らしい。そういう時代じゃなくなった、いまはネットで一気に拡散される——と助言したところで無駄だ。なにしろ顧問弁護士にまで、他人の意見に耳を貸す方ではないと言わしめるくらいなのだ。

「すみません」

思わず謝罪したのは、きっと対応に苦労しているにちがいない榊への、やめないでほしいという遠回しな頼みでもあった。前の顧問弁護士だったという角田が、頑固な父親に辟易して榊に譲ったのだとしても少しも驚かない。

「でも、このまま放置したら再建どころじゃないですよね」

いつになったらこれまでのやり方では難しいと気づくのか。父親に対して苛立ちを覚える。

「それなんだけど」

榊がおもむろに出したのは携帯だ。覗き込んだ和孝が目にしたのは、意外なものだった。産地偽装やらぼったくりやらと罵詈雑言が並んでいたＳＮＳに、突如、異質な書き込みが現れる。

三日ほど前のことらしい。

『確たる証拠もないまま続けていたら、情報開示請求されるんじゃない？』

たった一言だ。その書き込みに対して強気のコメントがいくつか並んだものの、以降目に見えてトーンダウンしたばかりか、書き込み自体が減っている。今日に至っては、現時点で皆無だ。

「え……こんな簡単なものなんですか？」

俄には信じられず、榊に問う。情報開示については、過去にそういう事例があったと耳にしたような気もするが——あまりに収束が早すぎる。

「これで終わり、とは言い切れません。まだしばらくは続くと思ったほうがいいでしょう。ただ、面白半分で煽っている人間が減れば、どうにかなるかもしれません」

悪いときには悪いことが重なるのと同じで、逆もしかりなのかもしれない。朗報はこれに止まらなかった。

「それから、契約農家の元スタッフからの証言もとれました。最初こそちゃんとしていたようだけど、代表が兄に代わって以降、商品の管理がかなりずさんになっていたらしいですね。そのせいでやめたスタッフも多いというから。契約を切った取引先はお父さんだけじゃなく複数に上るみたいです」

個人的には、こちらのほうがよりありがたかった。

「……そう、ですか」

安堵で声が上擦ってしまい、自分がどれだけこの件に引っかかっていたかを実感する。いい思い出のひとつもないし、大人になったいまでも身勝手なひとだと思うけれど、どうしても詐欺を働くような人間とは思えなかった。

なぜなのかは判然としない。十年も前に家を出た、そのことにこれっぽっちの後悔も罪悪感もない自分がどうしてその一点にこだわるのか。

結局のところ、絶縁したと思っていても根っこの部分が断ち切れていなかったのかもしれない。

「じゃあ、父の落ち度は採算のとれないバーを始めた、それだけですね」

口にすると、なんて滑稽だろう。十人に話せば十人みなが、ばかなことをしたものだと嗤笑するにちがいなかった。不仲な息子のために犠牲を払ってなんの得があるのかと。

「そういうことになります」

榊が確信をもって顎を引く。

「でも、そのバーにしてもそれほどの落ち度ではないでしょう。お父さんは初めから採算度外視だったのですから」

「…………」

やはり父親はずいぶん幸運だ。顧問弁護士という立場上なのか、榊は常に父親に寄り添ってくれる。角田という弁護士がどうだったのかは知らないものの、榊のような親身になってくれる弁護士に恵まれたおかげで、窮地を乗り越えられるのではないかと希望が湧く。

「父は、いいときに榊先生に巡り会ったんですね」

和孝がそう言うと、榊が唇を左右に引いた。意味ありげな表情で人差し指を立てる仕種は、まさに海外ドラマの主人公を彷彿とさせる。

「わからないですよ。もしかしたら、裏があるのかもしれない」

「あるんですか？　裏」

裏と言われたところでメリットがない、という意味で肩をすくめる。現在、自身の事務所を持って精力的に働いている榊が、潰れかけた店を気にしてどうなるというのだ。

「う〜ん。どうだろう。この場合あると答えたほうが、格好はつくな」

「裏があるひとは、そもそも自分であるとは言わないでしょう」

「ああ、それはそうか」

いつの間にか、榊はフランクな物言いに戻っている。仕事ができて、相手に敬意を払えて、話が愉しくてチャーミング。やっぱり久遠さんが疑り深いんだよ、と和孝は胸中で返す。

自分たちのように近づいてくる人間を片っ端から警戒するほうが普通ではないのだ。もっとも普通であったことなど一度もないので、いまさらの話なのだが。

「場所を変えましょう」

榊がスタッフを呼ぶ。今日はこれ以上の進展はなさそうなので辞退するつもりだったけれど、

「月の雫」

この一言に即答を躊躇った。

父親の事業が傾いていると聞かされてすぐ月の雫を譲りたいという話が出てきたせいで、これほど振り回されているのだ。

「いえ……今日は」

ちらりと腕時計へ視線をやった。二十時半を少し過ぎたところだ。

「このあと、用事がないなら少しだけつき合ってください。きみも、たぶんこの前行ったときとは印象がちがうと思う」

榊の言い分はもっともだ。前回、初めて行ったときはまるでいい印象はなかった。閑散としていたし、ぼったくりだの産地偽装だの客から聞かされて、最悪な気分で去るはめになった。

榊の言うように、今日は別の見方ができるだろう。

好奇心で胸が疼いた。いや、好奇心という表現は適切とはいえない。近々自分のものになる予定の月の雫に対する強い関心と微かな愛着だ。

気が早いにもほどがある。内心で呆れるが、正直な気持ちだった。

「そうですね。じゃあ、少しだけ」

ブラックカードで会計をすませる榊にその場では黙っていたが、外へ出てから半額を差し出す。榊は自分が誘ったからと応じなかったものの、こちらもご馳走になる理由がなかった。

「それなら、柚木くんの分はお父さんの顧問料に上乗せしますよ」

そんな話を信じられるわけがないし、父親にならなおさら奢られるのはごめんだ。

「いえ、受け取ってもらわないと、このあと月の雫へ行けなくなります」

どうせ月の雫の代金も払うつもりだろうと言外に込める。頑固な男だと思われようとも折れる気はなかった。

どうやら榊にも可愛げのなさは十分伝わったようだ。ため息混じりで「わかったよ」と言って、現金を受け取った。

「次も割り勘でお願いします」

最初に釘を刺してから、大通りまで肩を並べて歩く。自分よりやや上背がある榊を見て、呆れたことに和孝はまたしても久遠のことを考えた。

理由は単純だ。

久遠と再会してから四年近い年月のなかで、ふたりで肩を並べて歩いたことがほとんどなかった。向かい合ってフレンチを愉しみながら「魅力」なんて褒め言葉を言われたことともなれば皆無だし、バーで一緒に飲んだことも当然ない。

変だよな、と腹のなかで自嘲する。

そんなのはいまさらだし、望んでいるわけでもない。第一久遠に褒められた日にはなにかあったのかと不安になる。邪推が邪推を呼んで、心配で居ても立ってもいられなくなるに決まっているのだ。

「さあ、乗って」

タクシーを停めると先に乗るよう促され、礼を言って後部座席に身を入れる。あとから乗ってきた榊と並んで座っている間も、久遠の顔がちらついたけれど、心中で悪態をつくことでなんとかやり過ごした。

「和孝くん、もうすぐ着くよ――あれ？　どうかした？」

榊が顔を覗き込んできた。

「いえ」

和孝は頭のなかの久遠を押しやり、作り笑顔で応じる。自分たち親子に尽力してくれる榊の前で、別のひとに意識が向かっていたなんて言えるはずがない。

タクシーを降りると、そこから徒歩で月の雫に向かう。

路地に入り、緩い坂道を進んでいってまもなく、月の雫が見えてきた。先日、一度訪れたときのことを思い出しながら榊の開けた扉から中へと入る。テーブルと革張りのソファのあるウェイティングスペースには今日もスタッフ以外誰もおらず、客の入りは容易に想像がついた。

もっともやっとSNSの悪評がおさまりかけているところらしいので、焦ったところでしようがない。このタイミングで収束の兆しが見えた、その事実を幸運だと思い、気持ちを切り替えるべきだろう。

店内へ入ると思ったとおり客の入りは三割ほどで、寂しい状況だ。そう簡単にはいかないと現実を突きつけられた心地で、今日の和孝は榊とともにテーブル席についた。

店内のクラシカルな雰囲気はやはり好みだ。深紅の絨毯（じゅうたん）、黒基調のテーブルや椅子（いす）。あたたかみのあるオレンジ色の照明。テーブル席は十席。背凭（せもた）れが高く、隣席との間隔も広いため、落ち着ける場所となっている。

カウンター席の向こう、バーテンダーの背後に並ぶウイスキーやブランデー等のボトルには前回同様見事だという感想を抱く。

「マティーニでいい？」

茶目っ気たっぷりの表情で問われ、榊の意図に気づいて頷く。以前、断ったマティーニの仕切り直しのつもりのようだ。

「よかった」

榊は、嬉しそうに眦（まなじり）を下げた。

「また断られたらどうしようかと思った」

「知らないひとから突然でしたし」

思い出すと妙に気恥ずかしさを覚えるが、榊を知ったいまは、あのときも洒落や冗談ではなくいたって真面目だったのだとわかる。仮にマティーニを受け入れ、飲んでいたら、あの場で榊は名乗るつもりだったのだろう、と。

「だね。偶然会って嬉しかったから、つい――でも、冷静に考えてみると、僕、危ない奴だな」

はにかむ様子に、それは無理だ、と和孝はまもなくテーブルに置かれたマティーニを前に思った。

同性にマティーニを奢ろうとする男に興味はない。かといって榊が美女だったとしても同じ対応をしただろうし、今回のことに限らず、つくづく自分は社交性に欠ける人間だと呆れる。

これ以上は抱え切れないと、そんなふうに考えてしまう時点できっと間違っているのだ。そんな奴が新しくバーを始めようなど、本来は無謀なのかもしれない。それでも、この場にいて実感する。

月の雫を自分の手で再建したい、その気持ちに嘘はないと。

「勝手なことを言っていいかい？」

榊が、ふいに店内へ視線を走らせた。

今日もバーテンダーは時間を持て余し、カウンター席の若い女性客と距離を縮め、談笑している。いくら暇だからといっても、特定の客に秋波を送るのはバーテンダーとしては失格だ。

「きみがこのバーをどんなふうにするのか、じつは愉しみなんだ。きっと雰囲気ががらりと変わるんだろうなあ」

榊の言葉に、指先がふるりと震えた。武者震いには気が早すぎると、ぎゅっと手を握り締めた。

「店が変われば、自ずと客層も変わってくるだろう？」

別添えのオリーブをグラスに沈めた和孝は、マティーニに目を落としたまま榊への返答を考える。引き継ぐからには成功させたいというのは、もちろん本音だ。困難な道になると予測できるだけに、やりがいという意味ではこれ以上ないほどだった。

「潰してしまったら、格好つきませんね」

そう言ってグラスに口をつける。きりっとした冷たい液体が喉を滑っていく快感を味わってから、さらに父親のことへ思考を向けた。

もし引き継いだ店が失敗すれば、父親は失望する。本人がそれを直接言ってくることはなくても、強引に押しつけた自身に対して後悔するのは目に見えている。

想像すると背筋がひやりとした。

父親を見返したくて月の雫を買い取ろうと決めたわけではないのに、どうやら意地もあるようだ。父親に認めさせたいなんて、自分でも意外な感情だった。

「榊先生にこんなによくしてもらったからには、なんとかしないと」

「僕のことは気にしないで。和孝くんは自由に、思い切りやりたいことをやるといい。BMのマネージャーだった頃の人脈はまだ生きてるんだろう？　きみがバーをやると聞けば、みなこぞって集まるな」

個人的に愉しみにしているという榊の言葉は本当らしい。瞳（ひとみ）を輝かせる様を前にして、急に申し訳ない心地になった。

月の雫をBMのようなバーにするつもりはないばかりか、以前の人脈に頼るつもりもないのだ。

BMと月の雫はまるでちがう。

あの頃の自分は、与えられた場所を必死で守っていたにすぎないと、なくなってしまったからこそよくわかる。

BMが特別な場所だったのは間違いないが、いまある郷愁に似た感情は、ともに働いていた宮原（みやはら）や仲間たちへの思いだ。

それなら、ここではここの思いを一から作るべきだろう。そうでなければ意味がない。

「父もそれを望んでいるんでしょうね」

父親の本心はいまだ把握できずにいる。

BMの代わりの生きがいをと、自分に残したがっていたというのは聞いた。だが、父親にしても月の雫をＢＭのようなバーにできると本気で考えているわけではないだろう。月の雫をどうしてほしいのか。格式高いバーにしてほしいと思っているのか、それともなにも考えていないのか。

「そんなの、決まってる」

榊は胸に手のひらを当てた。

「このバーで、きみに輝いてほしいんだよ」

冗談、と思わず嗤いそうになる。もし父親がそう言ったのだとしたら、自分のなにを知っているのだと聞きたくなってくる。

いまさら親子ごっこをしようとでも？

「…………」

顔をしかめた和孝は、小さくかぶりを振った。

「ちょっと、失礼します」

榊に断り、和孝は一度中座する。レストルームに移動すると、手を洗い、何度か深呼吸をした。

鏡に映った自身の顔を見る。眉間に刻まれた縦皺に、いまの心情が表れていた。

いつまでたってもと、自嘲せずにはいられない。それとこれとは別と切り離して、冷静に対応すべきだと重々わかっていながら、些細なことで感情を引き戻される。

自分が一方的に正しいとは言わないいし、父親には父親なりの言い分も理想もあるだろう。なにも知らないのはお互い様だった。

眉間の皺を指で擦り、もう一度手を洗ってからレストルームを出る。席に戻ったとき、新たなマティーニが用意されていた。おかわりを頼むつもりはなかったが、気を利かせてくれたのだとわかる。これを飲んだら帰ろうと決め、

「金銭面で、父を説得できるでしょうか」

念押しのつもりもあって切り出した。

貰い受けるのではなく買い取りたいという意向を変えるつもりはない。父親がどうしてもそれを拒否するのなら、この話自体白紙に戻したい。と、この一点は曲げられないと主張する。

その他に関しては父親の気がすむようにすればいいという意思表示でもあった。

「一本気な方ですから難しいだろうけど——任せて。お父さんと和孝くんの気持ちに添うのが僕の役割だからね」

頼もしい言葉だ。

ウイスキーのグラスを掲げた榊に、和孝もマティーニを手にする。グラスを合わせてからそれを飲む間は席に留(とど)まり、グラスを置くと予定どおり切り上げる旨を榊に伝えた。

「そうだね。お互いに明日も仕事があるから、残念だけど」

笑顔で頷く榊に、マティーニ二杯分の代金をチャージ料と合わせてテーブルに置く。

マティーニ一杯千八百五十円。リーズナブルとはお世辞にも言えないものの、ぼったくりと叩かれるほどの値段でもない。

価格を下げたことであらぬ噂が立ったようだが、悪いイメージを払拭するにはいましばらく時間が必要だ。

椅子から腰を上げた和孝は、スタッフに見送られて扉へと足を向ける。先に外へ出てそのまま数歩進んだとき、道路と歩道のわずかな段差に爪先を引っかけた。

「気をつけて」

「あ、すみません」

背後から榊に腕を摑まれる。

「ちょっと酔っ払っちゃった？」

ふ、と笑い混じりの問いかけに否定したものの、その後も足元がふわふわとしておぼつかない。この程度で酔うなんて、普通では考えられなかった。

シャンパン二杯。赤ワイン一杯。マティーニ二杯。しかも三時間以上の間にだ。

「……おかしいな。こんなこと、いつもはないのに」

足元ばかりではない。頭の芯がぼんやりとして、視界も曖昧になる。目の前の街並みはまるで磨りガラス越しにでも見ているようで、和孝は何度か目元を擦った。

「大丈夫？　きっと疲れが溜まっているんだろう。僕に掴まって」

「……いえ。歩けます」

榊の助けを辞退する。他人の支えを必要とするほど飲み過ぎたことなどこれまで一度もないため、いまの自分の状況が信じられなかった。

和孝の思いとは裏腹に、膝からがくんと頽れる。

「危ない」

ふたたび、すぐさま救いの手が差し伸べられた。今度は腕ではなく背中から身体全体を支えられる。

「……すみません。おかしいな……こんなの」

「謝る必要なんてない。ほら、遠慮しないで」

「あ……いえ」

その間にも頭の芯がますますぼんやりとしてくる。時折、吸い込まれるように意識も遠退いていき、視界はぼやけ、全身から力が抜けていく。

「…………」

大丈夫。自力で、と言ったつもりだったけれど、果たして言葉になっているかどうか。なにもかもが薄れていくなか、

――和孝。

ふと、声を聞いた気がした。少し掠れた、低い声だ。それから、髪を掻き上げてくる、大きな手。

なんだよ、と思いつつ、触れてくる手の心地よさに自然と頰が緩んだ。

いつも心配しているんだ。離れているときはもちろん、傍にいてぬくもりを感じているときでも、別れたあとのことを考えてうんざりするほど心配している。

自分でもばかだと呆れるが、これぱかりはどうしようもない。

「………」

そのとき、どこからか微かな音が耳に届いた。いや、音ではなく歌だ。

あれはいつだったか。そうだ、久遠が銃弾に倒れたときだ。しばらく木島組の別荘にこもり、ふたりきりで過ごしたことがあった。

けっしていい思い出ではない。怪我をした久遠を目の当たりにした当初のショックは、どれほど時間がたとうと脳裏にこびりつき、いまだ血の気が引くほどだ。

心配でどうにかなりそうな気持ちを払拭するために、久遠を寝かしつけるという名目でよく知りもしない子守唄を和孝は何度か歌った。

——俺、子守唄って前に冴島先生のところで、お母さんが子どもに歌ってるの聞いたのが初めてかも。

だろうな、と久遠が片方の眉を上げた。

――なにそれ。下手(へた)だって言いたいんだ？

――味がある。

――それ、下手だって言ってるも一緒だから。

ことさらどうでもいい話ばかりをした。いまでこそ多少会話が増えたけれど、以前はめずらしかった。

自分は口下手だし、久遠は久遠で無駄口を叩かないので気詰まりになることのほうが多かったのだ。

でも、あのときは話をしていてもしていなくてもぎくしゃくしたところは微塵(みじん)もなかった。日々久遠の回復を間近に見ながらふたりきりで過ごした数日間はやけに穏やかで、それまでとは空気が明らかに変わったのを感じていた。

少なくとも和孝自身にとって「自分たちのことを誰も知らず、誰にも邪魔されない場所」だったと言える。

どうしていま頃こんなことを思い出しているのか。

ああ、そうだ。歌だ。

――じゃあ、久遠さんが子守唄歌ってみて。さぞ上手なんだろうな。

ふん、と鼻息も荒く要求した。

自身の隣をぽんと叩いた久遠に、少し戸惑いつつもベッドにもぐり込んだ。

――……なんだよ。

思わずそう返したのは、久遠の唇がぴたりと耳朶（じだ）に触れてきたせいだ。でも、和孝は動かなかった。直接耳に届いた優しい歌に心を奪われ、胸を震わせていたから。

それは自分の知らない、異国の子守唄だった。

「……久……さ」

髪の手がうなじへ滑っていく。うっとりと身を任せていたけれど、普段とは少しちがった感じがして、あれっと首を傾（かし）げた。

指の腹で、まるでピアノでも弾くかのような触れ方は――初めてだ。そういえば体温も普段とは異なる。

いつもなら最初は少しひやりとする。冷たい指が徐々に熱を帯びていく過程にたまらない心地になるのだ。

今日はどうしたのか。なにかあったのか。小さなちがいが気になり始める。

重くなった腕をなんとか動かし、久遠が触れている場所へとやった。だが、期待に反してそこにはなにもなく、自分の首元へ手をのせただけだった。

「……俺、なにやって」

和孝は息をつくと、痙攣（けいれん）する瞼（まぶた）をなんとか持ち上げる。目を瞬（また）かせた後に見たのは白い――天井だ。いつの間に帰ってきたのかと勢いよく起き上がると同時に周囲を見回したところ、自宅ではなく、まったく見憶えのない部屋だとわかった。

ダブルベッドに白いフェザーケット。右手にクローゼットがあり、左手にはグレーのカーテン。壁の絵は——なんだかよくわからない抽象画だ。

「なんで」

なぜ自分は知らない部屋にいるのか。そもそもここはどこなのか。その答えはすぐに判明した。

ドアが開き、榊が入ってきたのだ。

「ああ、目が覚めたんだね。水を持ってきたんだが、飲むだろう？」

榊がトレイをサイドボードの上に置く。グラスに入った水に目を留めると、喉がからからに渇いていることを自覚した。

なぜ自分がこうなってしまっているのかも。

「——いただきます」

グラスを手にとり、一気に飲み干してから和孝はベッドを下りると苦い気持ちで謝罪した。

「すみません。ご迷惑をおかけしました。あれくらいで前後不覚になるなんて、恥ずかしい限りです」

榊に対する申し訳なさと自己嫌悪で落ち込まずにはいられなかった。酒で失敗するなど、学生のときですらなかったのに。

「謝ることなんてない。誰でも疲れているときは悪酔いくらいするものだから」

榊はなんでもないことのようにそう言ってくれたが、慰めにはならない。醜態を見せてしまったのは事実だ。

「……あ、俺のシャツは」

そのとき、自分がブルーのパジャマを身につけていることに気づく。下はスラックスのままとなると。

「勝手に着替えさせてすまない。きみのシャツは――いま乾燥機に入っているからもう少し待てば乾くと思う」

その先は聞く必要はなかった。意識を飛ばしたどころか最悪の失態を演じてしまったらしく、和孝は頭を抱え込む。

吐いてシャツを汚すなど、自分で自分が信じられない思いだった。

「多少生乾きでもいいです。本当にすみません。あ、他に汚してないですか。床とか」

寝室の床へ目を落とす。

「どこも汚してないから安心して。あと、湿ったシャツを着せて帰せるわけない。どうせだから泊まっていくといいよ」

それこそまさか、だ。

「いえ、そういうわけにはいきません」

サイドボードの上の時計へ目をやり、いっそう慌てる。

二時半。当然深夜の、だ。

「本当に……なんとお詫びをしたらいいか。ご迷惑をおかけしました」

「なら、せめてシャツが乾くまで」

「本当に大丈夫ですので」

これだけは譲るわけにはいかず、頑なに辞退する。これ以上迷惑をかけられない、というのもあるが、一刻も早くひとりになりたかった。

榊は呆れたのか、あきらめたのか、息をつく。

申し訳なさで落ち着かない和孝の前でクローゼットを開けると、そこから真新しいシャツを出してきた。

「本来ならこんな夜中に帰ってほしくないんだが、そこはきみを尊重するとして、こっちは譲れないよ」

「でも……」

辞退しようにも、榊はかぶりを振ってさえぎる。迷ったすえ、これについては榊の厚意を受け入れることにした。

「ありがとうございます」

シャツを受け取る。

榊が寝室を出ていったので、その間に着替えをすませてハンガーにかけられているジャケットを手にとった。榊にはあらためて謝罪するとして、いまは自宅に戻ることを優先したかった。

パジャマの上を手にして、寝室をあとにする。廊下に出ると榊の姿を探して右側奥へ進み、ドアノブへ手を伸ばした。

開けようとしたとき、

「和孝くん」

背後から声をかけられ、手を引っ込める。

「これ。携帯と財布。それから、鍵（かぎ）」

「なにからなにまで。すみません」

それらをまとめて受け取り、ジャケットのポケットに入れた。

「パジャマは洗ってお返しします」

「そんなことしなくていい。って言っても、きみは聞かないんだろうな」

どうやら榊もこちらの性分を把握したようだ。端整な顔を綻ばせる。

「迷惑だなんて思っていないから安心して。むしろ和孝くんが僕に気を許してくれたんじゃないかって、光栄なくらいだ。ほら、きみは案外ガードが堅いから」

警戒心がバレていたか。気まずさを覚えつつ何度目かの礼を口にし、和孝は渡された紙袋にパジャマを入れるとすぐに暇を告げて玄関へ向かう。一刻も早く帰りたかったので、乾燥中だというシャツについては榊の厚意に甘え、後日受け取ることにした。

「送るよ」

これには、どこまで面倒見がいいのかと驚く。知り合ったばかりのクライアントの息子に迷惑をかけられたというのに、なおも気遣う言葉。ここまでくると職業柄というより榊自身の性格としか思えない。

「ありがとうございます。でも、自分でなんとかします」

「初めからきみの家に送っていけばよかった。こんな時刻じゃ、タクシーもつかまるかどうかわからないのに」

榊にしてみれば、二軒目、月の雫に誘ったのは自分だという気持ちがあるようだ。が、すべては和孝自身のせいで、間に入ってもらう弁護士と必要以上に接触したのがそもそも間違いだった。

「タクシーを呼ぶから大丈夫です」

口早にそう言い、榊の返答を待たずによく店でも使っている会社に電話をする。幸運にもすぐに応じてくれたおかげで、これ以上の押し問答をする理由はなくなった。

「ここの住所を教えてもらっていいですか」

榊が口にしたのは、月の雫からそう遠くない住所だった。タクシーだと十数分程度。そこから一切の記憶がないほど、寝入ってしまったことになる。

「あの、日をあらためて事務所に伺ってもいいでしょうか」

電話を終えた和孝は、お詫びに伺いたいと告げる。

「若いのに、これくらいのことが気になるんだね」

榊が笑い混じりで快諾してくれたのが救いだ。

「スケジュールを確認して連絡をするよ」

「ありがとうございます。お待ちしています」

「ああ、和孝くん」

玄関で靴を履き、一礼して立ち去ろうとした和孝だが、名前を呼ばれて足を止める。相変わらずやわらかな笑みを浮かべている榊が、こちらへ手を伸ばしてきた。

「…………」

その手が髪に触れてくる。怪訝に思う間にも撫でるように頭の上で二、三度動いたあと、すいと離れていった。

「なにか――」

「寝癖がついてた」

その一言に拍子抜けする。

「え、ほんとですか」

両手で髪を掻き上げた和孝は、どれだけみっともない姿をさらす気かと頬が熱くなるのを感じながら榊宅を辞した。別れ際にもまた礼と謝罪をし、エレベーターで階下に向かった。

「二十三階、か」

大人ひとり支えて車から降ろし、二十三階まで連れていくのはさぞ骨が折れたはずだ。しかも、エレベーターを降りて目にするエントランスには微塵も見憶えはなく、いかに自分がひどい有り様だったかを突きつけられるはめにもなった。

ガラス張りのフロアに置かれた黒いソファも、いまは不在のコンシェルジュカウンターも初めて目にするものだ。

まさか変なこと口走ってないよな。

その想像に背筋がひやりとしたのは、和孝にしてみれば当然とも言えた。なにしろ後ろ暗いことなら山ほどある。

ただでさえ面倒な父子であるうえ、その子が反社会的組織と繋(つな)がっていると知れば、いくら熱心な弁護士でも逃げ出したくなるに決まっている。

いや、熱心だからこそ、だ。

よけいなことは言ってない、榊の様子がいたって普通だったのがその証拠だ、そう信じるしかなかった。

「あーもう、最悪。なんでこんなことになったかな」

冷たい夜気にぶるりと震え、ジャケットの肩をすくめながら空に向かってぼそりと悪態をつく。ぽっかりと浮かび上がった半月が視界に入ると、久遠のことを考えた。

さすがに今夜の失態については言えない。誰にも言えないが、こんなみっともない話、久遠には一番知られたくなかった。

「絶対呆れられるし」

冷ややかな視線で「学生じゃないんだ」と窘められるに決まっている。最近、やっと大人として扱ってもらえてきているだけにできるなら隠し通したかった。

「もうすぐアラサーだよ、俺」

存外中身は変わらないものだと思う。

十代の頃は早く大人になりたかった。二十歳を過ぎると、二十五歳になればちゃんとした大人になれるはずと待ち遠しかった。

二十七歳のいま、本質はあまり変わっていないような気がする。相変わらず久遠に振り回されているし、ちょっとしたことで一喜一憂してしまう。

早く三十代になりたい。久遠に追いつきたい。が、それには二十代の残り三年があっという間に過ぎていってては困る。

少しでもマシな三十歳を迎えるためにじっくり腰を据えて、ちゃんと自分の足で立って、一人前の大人として認められること。それが自分にとっては重要だった。

久遠の身辺が落ち着き、自分もこの件が片づいたあかつきには、二、三日ふたりでゆっくり過ごすのもいいかもしれない。本来なら温泉でも――といきたいところだが、おそらくそれは難しいため久遠宅でいつもどおりとなるだろうが、それでもふたりにとってかけがえのない時間になるにちがいなかった。

これまでもそうやって乗り越えてきたのだから、この先もきっと大丈夫に決まっている。

「綺麗だな」

月を見上げて綺麗だと思える自身に安堵し、肩の力を抜く。そう長くかからないと信じて、いまは目の前の問題に向き合うのみだ。

さすがに身体が冷えてきた頃、やっとタクシーが到着する。こんな時刻に呼んだことをまずは詫び、後部座席に乗り込むと家路についた。

自宅の玄関ドアを開けるとシャワールームへ直行した。幸いにも酔いは残っておらず、気分も悪くない。あるのは自分に対する失望のみだが記憶にない以上どうしようもなく、シャワーと一緒にそれも流した。

「……ストレス溜まっていたし」

言い訳にもならないことを口にし、手早く髪と身体を洗って十分ほどで切り上げる。髪を乾かしていた和孝は、ふと目に入ったランドリーバスケットに意識を向けた。

乾燥をすませてあとは畳むばかりの状態にある洗濯物がそこには入っている。今日——もう昨日か、榊との待ち合わせ時刻に遅れそうになったため、帰ってからやろうと放置して出かけたのだ。

ドライヤーを置いた和孝は、一番上にのっている紺のパジャマを手にとる。シルクが多かった久遠のパジャマは、最近コットン一辺倒だ。

パジャマなんていちいちクリーニングに出していられないという理由から、ここのみならず久遠宅にあるパジャマもほぼコットンに変えた。

それに関して久遠からはなんの不満も出なかった。

——だいたいシルクは冷たいんだ。

和孝がそう言った際には、好きにしていいと久遠は答えた。

——どうせ着ている時間のほうが短い。

「…………」

手にしたパジャマをじっと見ていた和孝は、かぶりを振って寝室へ移動する。

チェストの抽斗（ひきだし）からレシピノートを取り出すと、今日はページを捲（めく）らずごろりと横になった。

「疲れた」

午前三時四十分。あと三時間眠れる。

「……マジか」

久遠のパジャマを手にしたままなことに気づき、小さく舌打ちした。

大人、一人前が聞いて呆れる。

だが、今夜の自分には精神安定剤が必要で、それにはこのパジャマが最適だ。仕方がないと開き直り、手にしたパジャマに鼻を埋めた。

「クマのぬいぐるみかよ」

自虐的な心境で呟くが、効果としてはこれ以上のものはなかった。甘い柔軟剤の匂いのなかに久遠の残り香を求めて、深く吸い込むと確実に心が凪いだ。

「俺がこうなったのは……久遠さんのせいだろ」

以前はぶつかることが多かったし、久遠に腹を立てたことも数え切れないほどある。現在はすっかり落ち着いて、ふたりの空間にも慣れ、一緒にいることが自然に思えている。

おそらくそれは自分と久遠が歩み寄った結果だ。

ともにいるにはどうすればいいか。どうすればうまくいくか。手探りながら努力してきたからだろう。

つまりは、あらゆる努力をしてまで一緒にいたいという気持ちがあるからにほかならない。

たったいままで失態に落ち込んでいたはずなのに、単純にも浮上する。とりあえず榊のことも月の雫のこともいまは忘れ、自分たちのことだけに浸っていたかった。

「……会いたいな」

いっそうパジャマを引き寄せる。

次に久遠から連絡があったときにはこちらもいい報告ができるようにしよう。そう思えるほどには前向きになり、たまにはこういうのも悪くないとパジャマの効果を実感しながら、和孝はまもなく訪れた眠気に安心して身を任せたのだった。

*

ひとりになった寝室で、吐息をこぼす。

「帰ってしまったか」

幸せというのは往々にして儚いものだというが、まさに暁の夢のごとく淡く、短い時間だった。

だが、ここに彼がいた。それは事実だ。

ベッドを見下ろした榊は、再度息をつく。今度は切なさと甘さがたっぷりとこもっていて、いかに自分が名残惜しく思っているかを実感させられる。

うっすらと皺になったシーツにそっと手を当ててみた。まだそこには彼の形とぬくもりが残っているような気がして、衝動のまま身体を横たえてみると、ふわりといつもとはちがう匂いが微かに鼻をくすぐりいっそう切なさが募っていった。

同時に、心拍数も上がる。どくどくと鼓動は速くなり、痛みを感じるほどだ。高鳴る胸に手のひらを当てると静かに目を閉じ、焦らず、ゆっくりと数時間前の出来事を脳裏で再現していった。

足元をふらつかせた彼は、ひどく戸惑っているようだった。

——……おかしいな。こんなこと、いつもはないのに。

あの言葉は重要で、内心どれほど嬉しく思ったか彼は知らないだろう。

つまりは、彼がこれまで常に理性的であったという証拠だ。学生時代、馬鹿騒ぎする他の愚かな学生たちとは一線を画してつき合い、社会人になって以降も、彼ほどの容姿であればあらゆる誘惑があったはずなのに、それらに心を許さなかった証。

「心の強さはよくわかってる」

満足感すら覚えつつ呟き、胸から離した両手を目の前でかざし見た。そして、若々しい肩を抱き、支え、タクシーに乗り込んだときのことを思い返す。

なにも知らないタクシーの運転手は、酔っ払いですか、と厭な顔をした。

そんな言い方をするなんてと内心で否定してから、

——体調が優れないようです。

当たり障りのない答えを返した。上辺だけであろうと気遣いの言葉のひとつやふたつあるかと思えば、あからさまに迷惑そうな様子になった。

——えー、困ったなあ。車内で吐いたりしないでくださいよ。ていうか、そのひと、意識あります？　まさか死んだりしませんよね。

激しい怒りがこみ上げた。こんなタクシーに乗ってしまったことを後悔もした。死ぬなんて……縁起でもない。軽々しく口にした運転手が不快で、すぐにでも降車したかったのだが。

踏みとどまったのは、もちろん和孝の負担を考えたためだった。運転手の言ったように朦朧（もうろう）としている彼を無闇（むやみ）に動かすのが躊躇われ、黙り込むことで抗議の意を示した。

道が混（こ）んでいなかったのが幸いだ。

十分あまりで到着してタクシーを降りると、周囲に誰もいないのを確かめてからそっと抱き上げた。

他者に目撃されたくないだろうという配慮からだったが、なにより自身の手にも腕にもはっきりと彼の重みが残っている。華奢（きゃしゃ）に見える体軀（たいく）は存外筋肉質で、彼が大人の男であることを再認識した。

エレベーターに乗って部屋まで連れ帰る間、その重みをどれほど心地よく感じたか、昂（こう）

揚したか、和孝本人にもすべてを理解してもらうのは難しいだろう。

なにしろ自分自身、これほどだったかと驚嘆しているくらいなのだ。

指の間を滑っていった素直な髪の感触がはっきりと残っている。細心の注意を払って梳くと、まるで上質な絹糸に触れているかのような錯覚にも陥った。

うっかりうなじにまで触ってしまったのはそのせいだ。きめ細かな肌を間近にして、欲求に負けてしまった。

本人の了承を得ずに一方的に手を伸ばすなど、身勝手で傲慢だとわかっている。それだけはすまいと固く心に誓っていたにもかかわらず、甘い誘惑に抗えなかった。目の前にある唇に口づけたい衝動を堪えたのは、奇跡だと言ってもいい。

それだけ彼が魅力的であることの証明だが……やはりそうすべきではなかったといまになって悔やまれる。

なぜなら、指が憶えている彼の髪や肌の感触が忘れられないせいだ。

大きく深呼吸をして落ち着こうとするが、指先からその感触が這い上がってきて、全身に広がっていく。たまらず深呼吸をしてみたが、直後、スラックスの中心が膨らんでいるのが目に入った。

「……最低だな」

和孝への感情には、無論性的欲求も含まれる。彼自身が性的な魅力にあふれているのだから、どうしようもないことだ。

　しかし、独りよがりな行為で彼を貶めていいかどうかなど思案するまでもなかった。身体の接触は、愛情の延長上にあるものでなければ意味がない。

　顔を歪めると、不承不承ベッドから上体を起こす。これ以上ないほどいい気分だったのに、自分自身が台無しにしてしまった。

「まったく。十年たってもこの体たらくとは……」

　かぶりを振ると、寝室をあとにしてバスルームへ向かう。冷たい水を頭から浴びて、身体にたまった熱を冷ますことに集中した。

　その甲斐あって、徐々に頭が冷えてくる。

「三時間四十七分」

　思考を働かせる目的もあって、榊は今日の幸運の鍵となったポイントを言葉に出すことで明確にした。

　和孝が意識を混濁させてから、寝室で目を覚ますまでの時間だ。彼が席を外した際、飲み物に薬を入れるというじつにオーソドックスな手を使った理由はひとつ、無駄な負担をかけたくなかったからにほかならない。

　もとよりどの薬を使うか、分量をどうするか、これ以上ないほど悩み、何度も自分の身体を使って試してみた。

彼には、意に反して薬物を投与された過去がある。中華街で軟禁生活を強いられていた間、いったいなにがあったか想像もしたくないが、薬物から、そしてトラウマから脱却したその事実こそが重要だった。

尊敬に値する。それゆえにアルコールとの取り合わせで万が一にも和孝に負担をかけるはめになってしまったら――そのときはきっと自分を許せないだろう。

四時間前後と決めて実行に移した。今夜はリハーサルだった。予定どおり目を覚まし、普通に振る舞っている彼の姿を目にしてどれほどほっとしたか知れない。

自宅へ招くという目的が成功したこと以上に、それが嬉しかった。

「もう一回だけだから」

身体の負担を考えると、次が本番だ。この部屋ではなく、別荘へ和孝を連れていくつもりだった。五年前に入手した山梨の別荘について知る者は誰もいない。当時高齢だった所有者が一年前に鬼籍に入ったため、文字通り誰も、だ。

別荘には数ヵ月は快適に暮らせるだけの食料、日用品を二人分備蓄してある。邪魔者を排し、ふたりきりで引きこもって過ごしたあとはそのまま別荘で暮らしてもいいし、どこか遠くへ行ってもいい。

ふたりならば、どこであっても楽園になるはずだ。

「楽園、か」

うっとりと呟いた榊だが、はたと我に返った。

月の雫を忘れてはならない。あのバーは和孝にとって重要だ。ＢＭを失った彼にふたたび輝きをもたらしてくれるものだった。

できるだけ早く実現させるには、やはり信頼を深めることがなにより重要になる。

一刻も早く。

自分に向けられるまなざし、声を思い出してぶるっと身体が震える。

――榊先生。

時折見せる気の強い表情に脳天が痺れ、平静を取り繕うのにどれほど苦労しているか。

「まずいな」

冷たい水は無数の細い針のように感じるというのに、身体の芯は熱くなるばかりだ。もうすぐだという気持ちからいっそう昂揚し、中心はおさまるどころかいまや腹を叩く勢いだった。

顔をしかめた榊は、あきらめてそのままシャワーを止め、濡れた髪を両手で掻き上げる。バスローブを羽織ると、その足をまっすぐ奥の部屋へと向けた。

中へ入ってすぐ、いつものようにゆったりとソファに腰かけている馴染みの人形へ歩み寄る。

「もうちょっとで対面するところだったね」

和孝がこの部屋のドアノブに手を伸ばしたときは、興奮を禁じ得なかった。まだ知られるわけにはいかない。でも、もし彼が知ったらどんな反応をするだろうか。見てみたい気がして、声をかけるのが遅れた。

「危なかった」

その場に膝をつくと、下から整った顔を見上げ、ほほ笑む。

見慣れた姿形であるものの、これまでより今日は輝いて見える。それもそのはず、身につけているのは和孝のシャツだ。

「いいね」

腰に腕を回して顔を埋める。仄(ほの)かな甘さをともなった若々しい匂いに陶然とし、肺いっぱいに吸い込んだ。

目を閉じると、彼がここにいるようだ。シャツの生地にまだ体温が残っているような気すらする。

シャツを脱がせようと、初めから予定していたわけではない。しかし、ベッドに横たえたときに和孝が息苦しそうに襟元を引っ張ったのを見て、釦(ボタン)をふたつほど外した。着替えさせようと思ったのは、その後だ。

彼が窮屈そうだから、と言い訳ができてしまったので、チャンスに恵まれた。

パジャマを持ち帰ったところは彼らしい。家庭環境のせいだろう、彼には他者の顔色を窺う癖がある。本人は気づいてなくとも、こちらを見てくるまなざしは無垢なまでに正直で、彼の性格や歩んできた道までそこに表れていた。

あの、愚かな父親とは大違いだ。頑固で、不器用。こうしたほうが確実ですとこちらがいくら提案しても、自身の考えを通そうとする非合理的な父親を持ったことは和孝にとって不幸以外のなにものでもない。

そんな父親と不仲になるのは自明だといえるが、それでも努力して息子を演じている姿には、見ているほうが胸が痛むほどだった。

「あの男も、だ」

厭な男の顔が頭に浮かび、自然に渋面になった。

相応しくない人間が父親以外にもうひとりいる。むしろこちらのほうが始末が悪い。

——……久……さ。

魅力的な唇からこぼれ出た名前を耳にした瞬間、胸の奥からどす黒い感情がせり上がってくるのがわかった。どうしてと、彼の肩を摑んで揺さぶり、問い質したい衝動にも駆られた。

あんな男のどこがいいのか、あいつはきみに悪しかもたらさない。目を覚ますべきだ。あれは疫病神だ、と。

すんでのところで堪えたのは、言うまでもなく和孝自身を思ってのことだった。

現段階でいくら言葉を尽くしたところで、彼が困惑し、悩むのは目に見えている。怒りすらあらわにするかもしれない。洗脳とはそういうものだ。

多感な頃の影響がどれほど大きいか、いまさら論じる必要もなかった。

おそらくあの男にしてもそれを熟知しているはずだ。

そんな奴に愛を語る資格はない。図々しく割り込んできて、我が物顔で所有権を主張するような男に。

排除しなければ。

いや、焦りは禁物だ。

十年の歳月をかけたのだから、いまさら焦ってもしようがない。自分に十年必要だったように、和孝にも月日が必要だろう。

大事なのは、和孝の心をもとに戻すことだ。昔、品のない義母に蠅みたいに集っていたやくざどもを嫌悪していた頃の彼の純粋さは何年たとうと変わらない。

「……ふん」

あの不遜な男の顔がしつこくちらついて不快になったものの、おかげで痛いほど昂ぶっていた中心の熱はすっかり引いている。

少しは役に立つらしい。と、鼻で笑った榊は目の前の人形に意識を戻した。

「よく見ると、たいして似合わないな」

和孝の置いていったシャツを人形が身につけていることも許せなくなり、釦を外し、脱がせていく。シャツを丁寧に畳み、ローテーブルへ置いたあと、腰を上げた榊は硬くて冷たいだけの塊を凝視した。

まっすぐな髪、整った顔立ち、手脚の長い瘦身。

長年愛着をもって接してきた人形であっても、本物を目にしたあとではガラクタ同然に思える。途端に色褪せて見え、興味が薄れていくのを感じる。

それもこれも、いまさらだ。

初めから人形は人形。身代わりですらない。和孝の素晴らしさは外見のみならず、内面にこそあるのだ。

「いらないいな」

冷ややかに言い放った榊は、ソファに腰かけている人形を乱暴に床に倒す。滑稽な格好で転がった人形が不愉快で足で踏みつけると、スラックスも脱がせた。

一度部屋を出て着替えをすませ、用意したのはゴミ袋と電動ノコギリだ。それらを手に戻り、さっそく実行に移す。

電動ノコギリのスイッチを押したあと、両手でしっかり固定し、まずは首から切断していった。

部屋じゅうに機械音が響き渡る。こうなることを予測して防音にしたわけではなかったが、ここへきて役に立った。

「なかなかいい切れ味だ」

ころりと床に頭が転がる。ふたつのガラス玉に見つめられつつ切断面を指で撫でて満足すると、足で蹴って脇へやり、次に首を失った身体を見下ろした。

さて、次はどこにするか。右腕——いや、左からいくか。

電動ノコギリを構え直し、左腕、左脚、右腕、右脚と順番に四肢を切り落としていく。途中から熱中し、半ば無意識のうちに鼻歌を口ずさんでいた。

よく母が歌っていた、古くさい愛の歌だ。

誰にも心を渡さず、自分の存在を忘れないで。

母の歌を耳にするたびに、なんて傲慢な歌詞だろうと厭な気持ちになっていたが、いまの自分にはぴったりだ。

そんな心境でこの十年、彼のことを想ってきた。

真実の愛で。

頭と三つに刻んだ胴体をゴミ袋に入れる。手脚も押し込み、袋の口を結んだ。直後だ。着信を告げるメロディが部屋に鳴り響く。はっとしてパンツのポケットから携帯を取り出した榊だが、相手を知って落胆した。

「しょうがない」

渋々電話に出る。こういう輩は居留守を使ったところでいっこうに察することができず、しつこくかけてくるに決まっているので適当にあしらったほうが楽だった。

「榊です」

どんなに面倒でも、声音にはおくびにも出さずに応じる。

『ああ、先生』

連絡は必要最低限にと言っておいたのに、いったいなんの用があるというのか、先方は焦っている様子だ。

『どうやら大沢が斉藤んところと接触したのを、木島の奴に知られたみたいです』

よほどの事態かと思えば――。

これについては早晩木島組は嗅ぎつけるとわかっていたし、むしろこのタイミングは自分にとってちょうどいい。いま頃久遠は、誰が敵で誰がそうではないか線引きするのに四苦八苦しているはずだった。

『いま木島にカチコミかけられたら、斉藤組は確実に潰される』

だからなんだというのだ。すぐにでも電話を切りたい衝動と闘いつつ相手の話を聞き流す。もっとも久遠はおそらく現段階ではそうしないだろうと、榊自身は考えていた。

明らかにメリットが大きいと判断するまで、あの男が大胆な動きに出る可能性は小さい。

腹立たしいことに、そういう合理性を優先する部分は自分と似ている。同じ人間に惹かれるのも当然に思えるほどに。

「じゃあ、斉藤組と——いえ、いっそ田丸慧一と木島組の組員が繋がってるって噂を流したらどうですか?」

『え……でも、誰が……』

そんなことも自分で考えられないのかとうんざりする。所詮やくざに、多くは期待していないものの、いちいち一般人に助言を求めてくるなどプライドの欠片もないらしい。

「適役がいるでしょう。伊塚柊。医学部卒のエリートですよ」

こちらの提案に、電話口で息を呑む気配が伝わってくる。

『……あいつを?』

本当に無能な集団だと腹の中でせせら笑い、

「もういいですか。急いでいるので」

返事も聞かずに電話を切った。

「さておき、重要なのはやはり月の雫だな」

まだ乾ききってない前髪を掻き上げ、その手を顎に添えて思案を巡らせる。相応しい場所で、水を得た魚のごとく自由に泳ぎ回る彼の姿がいまから目に浮かぶようだった。

そのためには、早く父親を説得する必要がある。

頑固なだけの、似ても似つかない父親。永遠に入院していてくれればいいのに——いっそ消えてくれればよかったと思うが、そうなれば和孝は少なからず傷つき、気に病むはめになるとわかっている。自責の念さえ抱くことも考えられる。

父親への悪感情はさておき、彼はそういう人間だ。見切ったつもりでも、肝心のところで情を捨て切れない。

それが彼の弱さであり、根幹でもある。

どうしても難しいときは他に月の雫を造るという手もあるにはあるが、どちらにしても、父親にはまだ元気でいてもらわなければならない。

ゴミ袋を持つと、住人が消えた部屋をあとにする。快適な空間を保っていたつもりだったが、なんて味気ないのかと思いながら。

もっともなんであれ最後はこんなものだろう。場所も、物も、ひとも。一度色褪せてしまえば、あとは消えるだけだ。

自分と彼。いずれふたりで過ごす日々へと思いを馳せた榊は、ふたたび古い歌を口ずさみ始める。

情熱的な愛の歌を。

3

「なにかありました？」

昼休憩のさなか、隣に座る村方から問われ、和孝は口ごもる。なにかあったかといえばそのとおりなのだが、酔っ払ったあげく親の顧問弁護士に厄介になったと笑い話にするにはまだ記憶が新しく、とても恥をさらす気になどなれなかった。

「あ……うん。じつは、今日父親が退院したから電話しなきゃならなくて」

結局、こちらのほうだけを伝える。

おめでとうございますと、村方と津守からの言葉にも苦笑いで応じてしまうほど、自分は電話をするのが厭らしい。

やめるという選択肢もあるにはあるが、言い出しておきながら無視するのは、孝弘の手前どうにも躊躇われる。孝弘はがっかりするだろうと思えば、やめていいかどうかなんて思案するまでもなかった。

たかが電話だ。さっさとすませればいい。

「あ、でも、もしかして直接行きますか？　もしそうなら、開店時間を少し遅らせなきゃですよね」

気を利かせてくれたのだろう。村方の言ったとおり普通ならば退院祝いのひとつも持参するのが筋だ。普通ならば。

だが、あいにく普通ではないため、電話一本ですませるつもりでいる。それにしても、自分にはハードルが高いのだが。

「村方」

津守が村方にアイコンタクトを送る。口出し無用という意味だ。和孝にしてみれば、村方の問いも津守の気遣いも同じくらいありがたかった。

「よし。電話しよう」

ふたりに背中を押されたような気がしてスツールから立ち上がると、携帯を手にスタッフルームへ移動する。あたたかい家族の会話にはなり得ないので、席を外したのは自己防衛でもあった。

息をつめて、呼び出し音を聞く。五度ほど鳴ったあと、まずは義母の声が返ってきた。

『はい。柚木(ゆぎ)でございます』

義母が出るのは想定内だ。平日の昼間、孝弘はまだ学校だろう。

「和孝です。父は――出られますか？」

どうやら孝弘はちゃんと根回ししてくれていたらしい。

『もちろんよ。ちょっと待ってね』

義母は前回のように声を上擦らせることなく、スムーズな対応で父親にバトンタッチする。

『和孝か』

こちらは――いつもどおりだ。ぶっきらぼうで、硬い声。昔から少しも変わらない。

「退院おめでとう。体調はもうすっかりよくなったんだ？」

あらかじめ用意していた言葉を告げる。

返事はわかっていた。

『ああ。問題ない』

仮に問題があったとしても、父親はこう答えるにちがいない。なぜなら、そういう性分だからだ。

「孝弘が心配してる。いい機会だし、当分ゆっくりしたら？」

さすがに退院してすぐ揉めるわけにはいかないため、今日のところはこれで電話を終えるつもりだった。

『榊先生から聞いた。しかし、父親のほうから水を向けてくる。

『榊先生から聞いた。おまえが、バーを買い取りたいと言っていると』

「あ……ああ」

退院してまもないというのに、もう榊と話したのか。どうせせっかちな父親のことだから、どうなったかと榊をせっついたに決まっている。

『おまえから金を受け取ろうとは思わない』

一度言い出したら聞かない性格だと承知していても、これにはかちんときた。いきなり突っぱねてきて、話し合いの余地すら拒絶する。

病気をしたんだから少しは気弱になれよ、と心中で吐き出した和孝は、右手から左手に携帯を持ち替えた。

「それじゃあ、月の雫はいらない。あんたの顔がちらついて、商売どころじゃなくなる」

結局、こうなってしまう。祝いの言葉だけにしようと努力したところで、父親がこの調子ではすべて徒労に終わる。

電話自体やめておくべきだった、と後悔の念すら湧いた。

「……あんたは、昔からそうだ。俺の意見なんか端から聞く気がない」

自分で思った以上に恨みがましい口調になり、唇に歯を立てる。反抗期のガキじゃあるまいし、と自分で自分が厭になった。

もううんざりだ。こんなことを続けたところで意味はない。より険悪になって、お互い不愉快な思いをするだけだ。

『和孝』

どうせまた反論されるだろうと、半ばなげやりな気持ちになった和孝だが、その予想は外れた。

しばらく押し黙った父親の声のトーンは、さっきまでとは明らかにちがっていた。

『おまえが……どうしてもと言うなら、金額はこちらに決めさせてくれ。榊先生と相談するから少し時間をもらうことになるが』

「………」

まさかここで折れるとは思っていなかったので、いきなりのことに面食らう。急にどうしたのかと、自分の耳を疑ったほどだ。

戸惑いつつもわかったと返答した和孝に、

『また連絡する』

父親はそれだけであっさり電話を切った。

譲歩する気になったのは、なぜなのか。文句を言ったから？　でも、そんなことはいまさらだった。

昔だって――。

と、過去の、中高生の頃の自分を脳裏によみがえらせた和孝は、眉をひそめずにはいられなかった。

文句どころか、父親と会話をした記憶がない。同じ屋根の下に暮らしていながらまともに視線も合わせなかったのだから、親子喧嘩とも無縁だった。大人になったいまのほうがよほど本音でやり合っている。

それを思うと、いま自分がぶつけたのは現在どころか、過去の父親をも責める一言になったのだろうと気づく。

情けなさから、がしがしと頭を乱暴に掻く。

五十を過ぎた親を詰るなど、いい歳をした大人のやることではない。

携帯をパンツのポケットに押し込み、何度か深呼吸をする。ふたりによけいな心配をかけるわけにはいかないので、気持ちを切り替えてからスタッフルームのドアを開けた。

すでにふたりは夜の部の準備に取りかかっていた。

「頼みがある」

唐突な津守の申し出に、いったいなんだとやや緊張しつつ頷く。もちろん津守の頼みならば全面的に聞く心づもりはあった。

「携帯にGPSを入れさせてほしい」

「え……冗談だろ」

しかし、よもやこういう頼みだとは想像もしていなかったので驚き、津守を凝視する。

どうやら本気のようで、まっすぐ見返してきた津守が右手を差し出した。

「お守りだと思って」

「…………」

こうまで言われて断るのは難しい。自分を思ってのことだとわかっているし、それで津守が納得するならＧＰＳのひとつやふたつ入れることになんの問題もなかった。

　和孝は携帯を津守に渡す。ものの一分足らずの操作で返ってきた携帯をポケットに戻した和孝は、なんの気なしに目をやった窓の外、路肩に停まっているセダンへ意識を向けた。

　久遠の身辺が慌ただしくなると、否応なしに自分にも警護がつけられる。以前は鬱陶しいとうんざりしていたが、それが浅慮だというのは和孝自身身に染みていた。

　自分の身を自分で守るのがいかに難しいか、幾度となく現実を突きつけられた。

　組員が交代で店や自宅に目を光らせているだけではなく、現在同僚の津守ももとはといえば警護のためにＢＭのドアマンになったくらいだ。

　それから。

　セダンから少し離れた場所で停まったバイクへ、和孝は視線を流した。黒いバイクに跨がったフルフェイスのヘルメットを被った男は、待ち人でもいるかの様子で一、二分そこに留まると、グローブをつけ直してから去っていった。

　律儀な奴。

　心中で呟き、苦笑する。沢木ばかりは状況に変わりなく姿を見せる。比較的平穏で、のんきに過ごしているときですら、自分の役目だとばかりに店や自宅のあるマンションの前にやってくるのだ。

沢木はＢＭの火災の際に命を救われたと思っているようだが、借りならおつりがくるほど返してもらった。それでもやめず、仕事の合間を縫ってやってくるのだから義理堅いというか、生真面目(きまじめ)というか。

もっとも、変わらないからこそ頼もしい。どんな局面になっても沢木は沢木だと思える、それ自体に安心感があった。

おかげでいくぶん気が晴れ、以降は仕事に没頭した。

宮原(みやはら)がやってきたのは、ラストオーダー間近だ。普段どおりの宮原の様子にほっとしつつ、まもなく閉店時刻を迎え、プレートをクローズにすると四人でテーブルを囲んだ。

「なかなか落ち着かなくて、すぐ派遣先を辞めちゃうんだ」

宮原は現在進行形の苦労を口にのぼらせる。本人は向いていないと思っているようだが、面倒見のいい宮原に助けられる人間は多いだろうと察せられた。

「けど、そのひと話を聞くと案外ちゃんとしてて、一生懸命なのがわかるから責められないんだよね。つくづく難しいって思う。人間同士もそうだし――あと、相性。相性って本当に大事」

テーブルにはポルチーニ茸(だけ)とチーズのリゾット、茄子(なす)とパプリカ、九条ネギの煮込み、骨付き仔羊のグリリアータ、ホタテとトマトのマリネ等を並べ、それぞれスパークリングワインやビール片手に他愛のない近況を語り合う。

「本当ですね」

同意した和孝は、少しの間迷ったものの自身のことを打ち明けた。

「じつは俺、いま父親からバーを買い取る話を進めてるんです」

「そうなんだ」

宮原にあまり驚いた様子はない。

「あまり経営がうまくいってなくて。月の雫ってバーなんですけど」

「ああ、恵比寿(えびす)の」

どうやら宮原は月の雫の存在を認識しているようだ。理由は——聞くまでもない。悪評が宮原の耳にも入っていたのだ。

まったくなにやってるんだよ、とまたしても父親への不満がこみ上げる。

「あれを柚木くんが買い取るんだ?」

「はい。交渉中です」

へえ、と小首を傾(かし)げた宮原がなにかしら考え込む。すると、いきなりなにかを思い立ったのか、姿勢を正してこちらをまっすぐ見てきた。

「それ、僕に手伝わせてくれない?」

「え」

予想外の申し出に驚いたのは自分だけではなかった。津守も村方も目を丸くし、黙って宮原の次の言葉を待つ。

「柚木くんさえよければ出資したい」

「あ……でもまだなにも決まってなくて」

あまりに急な話だ。それ以前に、まだ事業計画も不明瞭どころか、父親との交渉がうまく運ぶかどうかすらわかっていない段階で返答できるはずもなかった。

「宮原さんのお気持ちはありがたいですけど……正直、うまくやっていけるかどうかも」

やるからには成功させたい気持ちも意欲もある。とはいえ、なにぶんPaper Moonとの二足の草鞋だ。よほど慎重に進めなければ、軌道に乗せるどころかあっという間に父親の二の舞になるだろう。

「リスクは承知しているよ。もちろん勝算は十分あると思うから申し出ているんだし」

笑顔の宮原に、どう答えようかと迷う。嬉しさやノリで決めていい話ではない。

「はいはーい！」

村方が挙手する。

「はい、村方くん」

宮原に指された村方は、人差し指を顎に当てて直截な質問をぶつけた。

「宮原さん、遠距離恋愛中の彼はどうするんですか？　向こうに来てくれって懇願されないんですか？」

デリケートな問題も、村方にかかればありふれた恋愛談義だ。

「遠恋って長続きさせるの、大変なんですよ。あとで悔やんでも手遅れってこと、よくありますから」

真顔の忠告をどう受け取ったのか、はあと宮原がため息をこぼした。

「そう。大変なんだよ。あっちに来てほしいみたいだけど、僕にも仕事があるわけじゃない？　まあ、辞めてもいいんだけど、考えちゃって」

「なにをですか」

さっそく食いついた村方が身を乗り出す。

「僕のほとんどはここにあるだろ？　仕事や生活、友人、その他諸々。向こうに住むっていうのはそれらを一度リセットしなきゃならない」

宮原がなにを言わんとしているのか、和孝にはよくわかるような気がした。新たな場所へ足を踏み出すときには、多かれ少なかれ取捨選択する必要がある。すべてを持っていければいいけれど、そう都合よくはいかない。

自分にとって大事なものを摑み取ろうとするなら、一方で捨てなければならないものがどうしても出てくる。

和孝自身そういう選択を迫られたことが何度かあるが、宮原の場合は自身のホームを移すことになるのでなおさらだろう。

人生を賭ける意志がなければ、難しい。

「それって、いったん置いていくっていうんじゃ駄目なんですか？」

不思議そうに睫毛を瞬かせた村方に、不意を突かれた思いがした。

まっとうな人間だからこそ、生じる疑問だ。自分にはそういう考えは微塵も浮かばなかった。

以前、津守に指摘された言葉が頭をよぎる。

——柚木さんは情の濃いひとだ。十かゼロかで間がない。十想われた相手は大変だ。

あのときはただ不安で、津守の言葉の意味を正確に理解できなかった。でもいまは、漠然とながら自覚がある。

「ん〜」

宮原が苦笑した。

「そう割り切れたらいいんだけどね。置いていったものがまた手に入るなんて保証、どこにもないから。二度と巡り会わない可能性だってある。あれもこれも欲しがって結局なにもなくなったなんてことになったらどうしよう……って、怖がりなおじさんなんです」

こちらのほうが理解しやすい。が、やはりそういうものかと新鮮な思いもあった。

自分の場合は、その瞬間に立たされたら他に意識を向ける余裕なんてきっとなくなるだろう。たったひとつ、大事なものを掴んで必死で駆け出すだけだ。

常に久遠を案じている。そのこと自体、どこか利己的な感情だと後ろめたさがあるのは、心配するという行為が自分に足りないピースを探しているような、不確かな欲求に似ているからかもしれない。

手を伸ばして摑みたいという衝動がどうしたってつきまとうのだ。

全部捨ててふたりで逃げようと久遠に迫ったときのことが思い出され、厭な汗がどっと出た。

いつだって感情は厄介だ。振り回され、振り回して、神経をすり減らす。それでもなお割り切れずに同じことをくり返してしまうのは、それが自分にとって必要不可欠だからにほかならなかった。

「大丈夫ですって」

両手で顔を覆い、泣き真似をする宮原の肩に村方が手をのせる。

「少なくとも僕たちは常に宮原さんの味方ですから！」

ね、と同意を求められ、津守とともに頷いた。

常に味方。この一言の強さを自分もよく知っている。

「ありがとう。こんな心強いことない」

顔から手を離した宮原は、途端に笑顔を見せた。

「月の雫がスタッフの募集を始めたら、応募しようかなあ。募集するよね」

冗談とも本気ともつかないことを口にして。

そういえば宮原は、いつか小さなバーでもやりたいという話をしていた。そうなったらなんでも手伝うと自分たちは返したが——あのときはまさかこういう展開になるとは予想していなかった。

「わ、ほんとですか！　……僕、めちゃくちゃ興奮してきました！」

瞳を輝かせる村方に、和孝もあえて想像してみる。また宮原と——みんなで働ける。あしたい、こうしたいという夢を語り合いながら過ごす日々の愉しさはいまでも十分味わっているが、それ以上の充足感を得ることができるだろう。

過去に戻りたいわけではなく、未来を作りたいのだ。

「じつは、いい機会だと思ってカクテルの勉強を始めてみた」

津守の告白も拍車をかけ、大いに盛り上がる。

「わあ、津守さんのバーテンダー、格好いいだろうなあ」

村方がそう言うと、

「色男だもんねえ」

宮原も同調する。現金なもので、なにひとつ解決していないというのに、なにもかもがうまくいくような前向きな気持ちになった。

ひとりでは無理でもみながいてくれればなんとかなると、和孝の頭のなかには明るい未来への展望があった。

　数日後、榊弁護士事務所の個室で、和孝は父親と向かい合っていた。六畳ほどのスペースなので、特に狭いわけではない。が、息苦しさを感じるのはやはりどうしようもなかった。

　身構えてしまうのは、相変わらず父親からなにも伝わってこないせいだ。もともと喜怒哀楽を見せる人間ではないため、こうなってもこちらの希望を受け入れたのか、それとも拒否するつもりなのかそれすら窺(うかが)えない。

　お互い他に話したいことがなく、無言でいるせいか、一秒ごとに部屋の空気が重く澱(よど)んでいくような気がするのはけっして勘違いではないだろう。

　病院で会ったときより多少体重が戻っているようなのがせめてもの救いだった。病人相手ではこちらの意見を言うのも憚(はばか)られる。

　白髪は増えたようだ。ストレスでまた病院に逆戻りとか勘弁してくれよ、と思いつついいかげん我慢も限界になり、和孝は張りついていた唇をなんとか開いた。

「……体調は、どう」

こちらから話しかけたのは、相手が病み上がりだからにほかならない。父親はさも意外だと言わんばかりに一度瞬(まばた)きをして、

「もう普通だ」

たった一言で終わらせた。

そりゃそうだ、と腹の中で納得する。共通の話題なんてあるはずがない。そういうものを避けてきた結果がいまだ。

「ならいいけど」

軽く咳払(せきばら)いをしたとき、ようやくドアがノックされる。

「お待たせしてすみません！」

笑顔を振りまきながら入ってきた榊は今日もドラマから抜け出してきたようだった。その手に持っていたトレイをテーブルに置くと、

「さあ、どうぞ。一服してください。このあとちょっと面倒くさい手続きをしてもらいますからね」

父親と自分にコーヒーを勧めてきた。

「じゃあ、コーヒーを飲みながら聞いてください。スタッフも入ってきませんし、すぐに本題に入りましょう」

自らコーヒーを持参したのは、スムーズに話を進めるためらしい。こういうところが榊

の頼もしい部分だと思いつつ、和孝は居住まいを正した。

「まずはお父さんのほうの経営建て直しの件から話をさせてください」

だが、榊の口上にさっそく父親が異を唱える。

「いえ……それは息子には関係ないことなので」

話の腰を折られてもにこやかな笑みのまま、榊は首を左右に振った。

「柚木さん、その説明なしでは月の雫の話はできません。そこを不明瞭にしたままだと、売却金額をいくらに提示しようと息子さんはずっと気にすることになりますよ」

一度決めたら梃子でも動かない頑固な父親が、榊の言葉に口を噤む。商売がうまくいっていないさなかに病気をしたせいもあるだろうが、榊への信頼も確実に影響していると感じられる。

「では、続けていいですか？」

父親のみならず和孝にも確認してきてから、榊は手を組み直すと言葉を重ねていった。

「コンサルティング会社さんは、ネットの風評被害に関して法に訴えるという選択肢も視野に入れる考えのようですが、数日前から鎮静化してきているようなので、現時点では見送る方向が望ましいと僕から伝えました。ネットがおとなしくなれば、建て直しはうまくいくだろうと先方も納得してくれましたよ。柚木さんのこれまでの実績や仕事に対する真摯な姿勢がここにきて意味を持ちますね」

力強い言葉に、あからさまに父親の身体から力が抜けるのがわかった。表面上は普段どおりでも、内情はちがうとこれだけでもわかる。

「……よかった」

和孝自身、覚えずそんな一言が漏れたが、これにも榊は深く頷き、頼り甲斐のあるところを存分に発揮した。

「そして、ここからが本題です」

父親と自分にそれぞれ書類を渡してくると、そこに書かれている内容をざっと読み上げていった。

月の雫の売買に関するものだが、金額のみ空欄になっている。そこを示した榊は、

「柚木さんの――お父さんのご希望の額です」

相場よりはかなり格安な金額を提示し、さらにはその妥当性についても説明した。

現状赤字を抱えているバーであること、他のレストランとはちがって父親がバーに関して採算を合わせるのは今後も難しいだろうこと、親族間の売買であること等々、どれも納得できるものだった。

「支払い方法については――」

これについては解決済みなので、榊に提案されるまでもなかった。

「一括でお願いします」

榊の視線が、本気かとでも問うようにこちらへ向く。格安とはいえ、けっして安価ではないため榊が驚くのも当然だが、一括でと同じ返答を和孝はくり返した。

「――わかりました。他に異論がなければ正式な書類を作りますので、後日、登記簿等諸々のサインをおふたりにしていただくことになります」

父親がどう思っているのか、表情から判断するのは難しい。だが、金は受け取らないと言って聞かなかった父親が折れた事実が、自分には重要だった。

「ありがとうございます」

ソファから腰を上げたところで榊が差し出してきた手をとり、握手をする。慣れない様子で父親が榊と握手をするのを目にしながら、これでひとつ肩の荷が下りたと、ほっと息をついた。今後のほうが大変だとわかっているものの、少なくとも父親と合意に至ったことで気が楽になったのは本当だ。

あとは久遠への二重の借金を返すために馬車馬のごとく働けばいいだけだった。ふと浮かんだ、身体で――という久遠の言葉を即座に振り払う。こんなときに思い出すなんて、のんきにもほどがある。

「そうだ。和孝くん。渡したいものがあるからちょっと待ってて」

榊に呼び止められる。こちらも渡すものがあったため、榊が部屋を出ていってからもそこに留まった。

迷ったすえ、帰り支度をする父親に声をかける。

「孝弘にいつでも遊びに来てって伝えておいて。今回のことで心配かけてるし……あと、孝弘のためにもあんまり無理しないでほしい」

遊びに来てと言いたいなら孝弘に電話なりメールなりすればいいことだし、父親が無理をするかどうかは本人の自覚次第だ。それをあえて口にしたのは、和孝にしてみれば精一杯の譲歩だった。

「面倒かけてすまない。私のせいで、おまえに苦労をかける」

どうやら父親には伝わらなかったらしい。殊勝な態度で謝罪の言葉を口にする。

「謝ってなんかほしくない。俺は、べつにこれ以上そっちと険悪になりたいと思ってるわけじゃないし、この関係がすべてでもないから」

そう返しながら、失望したのだと気づいた。

「俺には俺の、大切なものもあるんだ」

いつまでも過去に固執したまま止まっているわけではないと言外にほのめかす。父親は一度頷くと、

「そうだな」

その一言で去っていった。

和孝は、あまりにおとなげない対応だったと顔をしかめる。そもそも父親に対してこと

さら順調であることをアピールしてなんの意味があるというのだ。

「お待たせ」

榊が戻ってきた。その手には先日のシャツが入っているであろう紙袋とトレイがあり、あらためてコーヒーを勧められる。今度は自身の分も用意していて、榊はソファに背中を預けるとカップを手にした。

「さっきのは冷めちゃっただろう？　和孝くんもどうぞ」

「はい。いただきます」

香りに誘われコーヒーに口をつける。思っていた以上に緊張していたらしく、ほろ苦いコーヒーが喉(のど)を通って胃に染み渡り、ほっとして力が抜けた。

「順調にいきそうで安心したよ」

この一言がすべてだ。レストランの建て直し、月の雫の売買。どちらも榊のおかげでうまく事が運びそうで安心する。

「本当にありがとうございます。あ、俺も榊さんに渡さなきゃいけないものがあるんでした」

こちらも持参した紙袋をテーブルの上に置く。小首を傾げて受け取った榊は、中を確認して目を丸くした。

「これって――シャツ？　と、パジャマだ。和孝くん、わざわざ新しいのを買ってくれたんだ」

「ご面倒をおかけしたお詫びもかねて。迷惑料だと思ってください」

榊に借りた洗濯済みのシャツとパジャマも一緒に紙袋に入れてある。それとは別に新品を用意したのは、単に謝罪の気持ちだった。

「こんなことをしてもらったら、申し訳なくて困る。ああ、そうだ。じゃあ、今度お礼に食事に行かない？」

榊の反応は想定していた。

「それじゃあ、いつまでたっても終わりませんよ」

くすりと笑った和孝に、榊が頭を掻く。

「本当だ。お礼のくり返しになるな。どうしようか……あ、なら今度きみのお店に行くというのはどう？　それなら大丈夫？」

「もちろんです」

談笑しつつコーヒーを飲み終えると、暇を申し出た。このあとスーパーに寄ってから帰宅し、掃除と洗濯をすませるつもりでいる。

「それじゃあ、また連絡するよ」

再度榊に握手を求められ、立ち上がって応じようとしたとき、異変を感じた。

「…………」

強烈な睡魔に襲われる。視界が揺らぎ、足元がおぼつかなくなる。まるで、あのときと同じだ。

あの夜、榊と一緒に月の雫に行ったあとも急におかしくなり、意識が混濁した。ストレスのせいでアルコールが普段より回ったのだろうと思い、醜態をさらした自分に落ち込んだのだ。

「……あれ」

だが、いまは一滴もアルコールを口にしていない。飲んだのは――コーヒーだ。

「どうしたの？　気分が悪い？」

テーブルを回ってこちらへやってきた榊に顔を覗(のぞ)き込まれ、和孝はかぶりを振った。

「いえ……なんでも、ありません」

そう答える間にも身体に力が入らなくなる。息苦しさも覚え、シャツの胸元に手をやると、浅い息を何度かついた。

しかし、症状は落ち着くどころかいっそう強くなっていく。抗(あらが)えない眠気に立っているのも難しくなり、ソファにどさりと座り込んだ。

「大丈夫だから、そんなに不安そうな顔をしないで」

その一言で、ようやくその可能性に気づく。先日も榊と一緒だった。こうなったのは榊のせいではないか、と。

「……どうし、て？」

信じられない思いで、朦朧としつつも榊を見つめる。曖昧な視界のなか、端整な顔が綻んだのがわかった。

「僕に任せて。なあんにも怖くないからね」

まるで小さな子どもでもあやすかのような口調にぞっとし、伸びてきた手を振り払う。いや、振り払ったと思ったのは間違いで、実際は榊に摑まれ、抱きしめられる格好になった。

「放……っ」

必死で正気を保とうと努力する。しかし、睡魔は抗いがたく、沼の淵へと吸い込まれるような感覚を味わう。

「さ、かきさ……」

なぜこんなことを。

自力で立つことも叶わず、榊を振り払うこともできずに和孝はされるがままになるしかない。

「おやすみ。和孝くん」

目の前にある顔が大きく歪む。頭のなかはひたすら、どうしてという疑問でいっぱいになったが、もはや言葉を発することすらできなかった。

4

都内某所。夕刻。

曇天のもと、古いアパートの前にある雑草の生えた狭い駐車スペースに一台の車が停まる。後部座席から降りてきた四十前後の男は隙のない視線で周囲を見回すと、部下をひとり伴ってまっすぐアパートへと入っていった。

右手に郵便受け、左手に掲示板のある薄暗いエントランスを抜け、奥の階段を使って上階へ上がる。一段一段踏みしめる男に対して、部下は警戒してか、下りたり上がったりと歩数が多い。

そんなふたりが向かったのは最上階、三階だ。九部屋あるうち、八部屋は空き部屋なので、唯一住人のいる部屋である。

三階に到着すると、ふたりは左側に折れてそのまま細い通路を最奥の部屋へと進んだ。

「あ、補佐。お疲れ様です」

ドアの前、パイプ椅子に座ってスマホを弄っていた若者が男を認めて慌てて立ち上がり、腰を折る。

「どうだ？」

男の――木島組若頭補佐、有坂の問いかけに、うんざりした様子で肩をすくめた。

「聞いてのとおりっすよ」

親指で示したドアの向こうから、微かに苦しげな声が漏れ聞こえている。かと思うと、次の瞬間、それは大きな咆哮となった。

「なるほど」

有坂が失笑する。そして、若者に解錠させると、自らの手でドアを開けて中へと身体を滑り込ませた。

「は、は……うぅぅっ」

獣じみた荒々しい声は続いている。すえた匂いが漂っていて、覚えず鼻へ手をやると、靴を脱がずに中へ入った。

本来なら、使いっ走りの仕事だ。わざわざ若頭補佐が出向くような仕事ではない。それでも有坂自ら率先して足を運んできたのは、この部屋の住人がそれだけ重要人物であるからにほかならなかった。

部下とともにリビングダイニングを土足で抜け、開けっぱなしになっている寝室のドアから中へと入る。咆哮を上げた部屋の住人はいまも女にしがみつき、必死の形相で腰を振っている最中だった。

ジムで鍛えた筋肉は落ち、短い間でずいぶん痩せた。肋が浮き、動くたびに骨の音が聞こえてきそうなほどだ。

有坂は女にアイコンタクトを送ると、くいと顎をしゃくる。

彼女はこのときを待っていたのだろう。やっと解放されるとあからさまに冷めた表情を見せて住人を突き飛ばし、気怠い様子で長い髪を掻き上げながらベッドを下りた。

「ご苦労さん」

有坂がスーツの内ポケットから出した封筒を渡す。

「え、もうもらってるけど？　いいの？」

受け取った封筒の中身を確認するや否や、彼女が目を輝かせたのも頷ける。

「俺からのほんの気持ちだ」

気持ちにしては厚みのある封筒を胸に抱き、上機嫌でバスルームへ消えていった。

「なんだよっ。なに勝手に帰してるんだ！」

反して、残された住人は血走った目で睨み、吠えるように抗議する。中途半端に放り出されたのだから当然だが、有坂はちゃんと次の手を用意していた。

「まあまあ、いいものを持ってきたから焦るなって」

胸元からちらりと「いいもの」を覗かせる。それを目にした住人の頬は瞬時に紅潮し、双眸はらんらんと輝き始めた。

「……なんだよ。そういうことなら早く言ってくれ」

ふっと不敵な笑みが浮かぶ。

もともと欲望に忠実な男だったが、最近はそれが前面に出てきたせいで以前の好青年然とした見かけはすっかりなりをひそめている。

満足げに顎を引いた有坂は、奪い取ろうと伸びてきた手を身を捩って躱した。

途端に歯を剝いて睨まれるが、有坂にもそうするだけの理由があった。

「ちょっと頼み事があってな。なに、簡単なことだ」

「頼み事?」

問い返す声は、どこか上の空だ。それもそのはず彼の視線はずっと有坂の胸元にある。

もちろん承知していながら、有坂はもったいをつけてスーツの上から胸元を叩いた。

「表舞台に立ってほしい。派手に」

え、という表情になる。拍子抜けだと言いたげだ。

「それが頼み事なのか?」

実際、有坂の要求はそれだけなので驚くのは無理もない。

「ああ、それだけだ。簡単だって言っただろ?」

「わかった。やる。いつでもいい」

前のめりに頷く様を確認してから、胸元の小さな袋をベッドに放り投げた。飛びつく勢いでそれを拾い上げる姿を前にして、有坂の口から同情を含んだため息がこぼれた。

人一人堕ちるのはあっという間だ。自分の力量を見誤ったのがそもそもの間違いで、本人は選ばれし特別な人間のつもりでいようと、化けの皮はじきに剝がれる。欲をかかなければ表面上だけでも装うことはできたはずだが、粋がって手を広げたせいでなにもかも失うはめになった。

もっとも強欲な男の末路としてはそう悪いものではないのかもしれない。なにしろ厭というほど目立てるのだ。

本人にしてみれば、満足な結末だろう。

「しゃんとしたらシャワーを浴びて、これに着替えてくれ」

スーツの入った箱をベッドに置く。あとは部下に任せて有坂は寝室を出ると、リビングダイニングの椅子に腰かけ、テーブルの上にある灰皿を指で引き寄せた。

煙草を咥え、一服する。

三十分はかかるだろう。ゆっくり吸い終え、二本目に火をつけたところで携帯が鳴った。かけてきたのは、先日有坂の後ろ盾でキャバクラをオープンさせた愛人、真莉愛だ。

咳払いをしたあと、煙草を指に挟んだまま携帯を耳に当てる。

『もう！　何日会いにこないつもりよ』

拗ねた物言いに、普段は厳ついと評される表情がやわらぐ。それも無理からぬことだった。

　真莉愛は有坂より十五も年下だ。有坂にしてみれば銀座のクラブに通いつめてやっと落とした女性だが、当初からやくざの愛人なんてもったいないと周囲はずいぶん止めたという。

　年の差以外にも、もったいない理由はある。真莉愛は誰もが認める美人で、ホステス時代は、面倒を見たいと申し込む青年実業家や投資家、政治家まで列をなすほどだった。

　四十間近でやくざ、これ以上の出世はおそらく見込めない、見た目も普通となれば誰でもやめておけと忠告するに決まっている。

　それでも真莉愛が周囲の反対を押し切って有坂を選んだ理由は「一本気なひと」だからしいが、彼女の選択が正しかったかどうか判明するにはしばらくかかるだろう。

「あー、そりゃあ俺だって顔を出したいけど、いまは難しいときなんだよ。店はうまくいってんだろ?」

　一方で真莉愛は姐さん気質のところがあり、先日、六本木にオープンしたキャバクラも繁盛していると聞く。

『そういうことを言ってるんじゃないの!』

　不機嫌な声に、有坂が一度携帯を耳から離した。有坂に向かって怒鳴ることができるのは久遠と上総を除けば、真莉愛ひとりだ。

『会いたいって言ってるの!　会えないっていうなら、ちゃんと説明してよ』

「……う」

途端に心細げになった声を聞いて、有坂は指に挟んでいた煙草を落とす。

目尻を下げたのも一瞬、すぐに自制していつもの強面を張りつけた。

「いま組が大変なときなんだ。俺がちゃらちゃらしてるわけにはいかねえ」

聞き分けろと、暗に告げる。

真莉愛は、はあと長い息をついた。

『なんにもわかってないのね。会いたいけど、無理強いしたいわけじゃないのよ。ただ私は心配しているの』

「――真莉愛」

有坂の顔が心なしか赤らんだ。がらにもなく照れているようだが、それだけ若い愛人に入れ込んでいる証でもあった。

「そうだな。ありがとうよ。落ち着いたら、真っ先におまえのところに行くから待っててくれ」

昔気質の男である有坂にしてみれば精一杯の愛情表現が、真莉愛にもちゃんと伝わったのだろう。

『うん。待ってる』

気をつけてという一言を最後に電話を終える。名残惜しさを感じているのは、真莉愛よりも有坂のほうかもしれない。

その証拠に携帯を手にしたままテーブルの上の煙草を拾い上げると、どこか苦い表情で吹かし始めた。

「お待たせ」

ようやく主役が現れた。多少痩せたとはいえ、ブランドもののスーツを身につけると色男ぶりは以前と変わらない。

凄(すご)みが増したぶん、かえって色気が出たようにも見える。

「いいねえ。よく似合う」

有坂の世辞に、満更でもなさそうに彼は両手を広げてみせた。

「まあ、スーツは普段着みたいなものだったからね。で、どうすればいい？」

昂揚(こうよう)しているのか口早に聞いてきた彼に、有坂はにっと唇を左右に引いた。

「好きにしてくれていい。久しぶりに満喫したいだろ？　とりあえず表に、あんたが好きそうなレクサスを用意してある」

目の前にキーを掲げる。

「最高だ」

上機嫌で受け取ると、すんと洟(はな)をすすりながら彼はリビングダイニングを出ていった。

その後ろ姿を、咥え煙草で見送る有坂の目にはなにも映ってはいない。先のことを考えているせいだ。

現在、木島組が窮地であるのは確かだ。不動清和会の内部にも敵がひそんでいるとなると、いつ何時組長が狙われるかわからない。仮に相手が四代目であろうとこれっぽっちも油断できない状況にあった。

木島組は、組長あってこそだ。万が一にも組長の身になにかあれば、たちまち会内での力を失っていく。

衰退した斉藤組のように。

それゆえ有坂の顔貌が険しいのは当然のことだった。

「絶対ならねえ」

組長に天辺をとらせる。そう遠くない未来に現会長である四代目を蹴落とし、五代目の座を奪い取る。

それは有坂のみならず若頭の上総を始め組員全員の総意であり、目標でもあった。ここで躓いているようでは、五代目どころか現状維持すら困難になる。一刻も早く苦況を乗り切ることが、木島組繁栄の第一歩にも繋がるのだ。

短くなった吸いさしの火を灰皿で捻り消し、有坂はふたたび携帯を手にする。すぐに呼び出し音が途切れた。

『すんなり出てくれたか?』

若頭の問いかけに、深く頷く。

「ばっちりっすよ。久々の表舞台だっていうんで張り切ってますね」

『そうか』

短い電話を終えたあと、椅子から立ち上がる。部下とともに部屋を出ると、見張り役の若者に向かって親指でくいと示した。

「おまえ、部屋を掃除してから帰ってこい」

うっすと快活な返答を背中で受けて、アパートをあとにする。部下の開けたドアから後部座席へ身を入れると、事務所までの二時間弱、何事もなかったかのごとくあえて世間話に興じて過ごした。

デスクに両肘(りょうひじ)をつき、手を組んだ格好で久遠は伊塚(いづか)の話に耳を傾ける。

「一賀堂(いちがどう)とはなぶさ会が斉藤組と接触していると、もっぱらの噂(うわさ)です」

「噂、か」

噂というのは厄介だ。真偽にかかわらず一人歩きしたあげく、大事に至るというケースはけっして少なくない。

そういえば十年近く前に三代目が銃撃された事件も、もとを辿ればあやふやな噂が原因だった。

会の不穏分子だった組が、近々解散を命じられるという噂が立った。三代目がなにより規律を重んじる会長だったこともあって、思い詰めた組員が確認を怠ったすえ蛮行に及んだ。

半面、単なる噂と一蹴できない面もある。昔から火のないところに煙は立たないというとおり、噂のなかには一部真実がまぎれているものだ。

少なくとも一賀堂とはなぶさ会には、不動清和会の一枚岩にヒビが入りつつあるという話が漏れているのだろう。

他組織と組むほど斉藤組が愚かだとは考えたくないが、追い詰められた集団はなにをしでかすかわからない。今回の斉藤組の動きは、おそらく三島の耳にも入っているはずだった。

「すみません。裏をとります」

責められたと勘違いしたのか、伊塚が慌てて頭を下げて出ていこうとする。

「伊塚」

久遠は呼び止めると、デスクの上で組んでいた手を解き、近くへ招き寄せた。

「おまえはよくやっている。自宅へ戻って、今日はゆっくり休むといい。他の者に交代させる」

「え……でも、俺の仕事なので」

まだ若さが前面に出た面差しに、戸惑いが浮かぶ。どこからどう見ても好青年の伊塚がこの場にいることが不思議になるくらいだ。

まっとうな反応に、久遠は苦笑する。

医学部まで出ておきながら、伊塚が極道になったきっかけも経緯も知らない。最初こそ国家試験に落ちて自棄(やけ)にでもなったかと思ったものの、おそらく他になんらかの理由があるのだろう。

やくざになるような人間は多かれ少なかれそれなりの事情を抱えている。伊塚になにがあったのか詮索(せんさく)するつもりはないが——理性的でありながら時折、無茶をするのではないかという危うさも感じられる。

「おまえの代わりはいない。また明日から働いてもらう」

そう声をかけた久遠に、唇を引き結んだ伊塚がこうべを垂れる。

「ありがとうございます」

その言葉を最後に部屋を出ていく背中を見送ると、これまで黙して控えていた上総が口を開いた。

「若い奴らもみなぴりぴりしてますからね。伊塚も落ち着かないんでしょう」

「そうだな」

若衆に限らない。緊張感は組全体に流れている。木島のシマで警察をよく見るようになったし、三島からの催促もある。実際、ここで木島組の力を削いでおこうという三島の思惑も透けて見えるのだ。

もとより三島以外にも、ミスを犯せば諸手を挙げて喜ぶ人間は確実にいる。

眉間を指で揉んだとき、デスクの上の携帯が震えだした。厭な予感は直後現実となり、うんざりしつつ携帯を手にとった。

『なにやらバタバタしてるって話だなあ』

三島が他人事を装うのはいつものことだ。

「そうですね。暇ではないですね」

だから三島さんの相手はしていられないという意味でそう返したし、三島自身もそれを承知していながら、あえてわざとらしい芝居を続けるつもりのようだった。

『大変だな、おまえも。一度はうやむやになったのに、例の週刊誌のせいで小笠原の件まで蒸し返されてよ。まあでも、バラすのはやりすぎだけどな』

三島のこの言い様もいまさらだ。記者を手にかけたのは木島組と決めつけ、おそらく執行部幹部連中にも吹聴しているにちがいない。

「確か――その小笠原が記者殺しで捕まったはずでは？」

いくらちがうと反論したところで無意味だとわかっているものの、一応訂正した。

『あれ？　おまえ、聞いてねえのか？　あの捕まったホームレス、結局別人だってよ』

三島の声に哀れみが滲む。

久遠には三島の愉しげな表情が手にとるようにわかった。

「そうですか」

『そうですか、だ？　えらく余裕じゃねえか。ああ、さてはおまえ、端から知ってたな。あのホームレスが小笠原じゃないって』

「いいえ。三島さんの耳の早さに驚いてますよ」

警察に太いパイプがあると考えていいだろう。警察とやくざが裏で繋がっているという話は現実にある。不動清和会のトップと懇意にしておくことは、先方もなにかと都合がいいというわけだ。

『まあ、そういうことにしておいてやるか』

鼻で笑った三島がようやく用件を口にする。

『いまから俺のところに来い』

「いまから、ですか？」

唐突な召集には慣れているとはいえ、いくらなんでも急すぎる。

『ああ、いまからだ。三十分で来い』

ということは、三島がいるのは横浜ではなく都内のマンションか。だとしても、三十分で駆けつけられる人間は限られるだろう。

それとも召集ではないのか、とその懸念は当たっていた。

『おまえひとりで来いよ。大事な用事だ』

三島は個人面談でもするつもりらしい。面倒な話であるのは確かなので、気乗りしないまま了承する。どうせ拒否権はないし、明日にしてくれとでも答えようものならあらぬ疑いをかけられかねなかった。

「怖いですね。俺は、三島さんのリストの何番目ですか？」

ひとりひとり呼び出される前提で問う。

まともな答えは返ってこないと承知していたが、久遠にしても、なにを言われようと鵜呑みにする気もなかった。

『愚問だな。切れ者の若頭だぞ？　一番上に決まってんだろ』

信用できないからという理由のほうがよほど納得できる。そう思ったのはおそらく自分だけではなく、三島本人もだろう。腹の中では、自身の白々しさに吹き出しているにちがいなかった。

「こちらにも都合があるので、急な呼び出しはこれきりにしてもらえると助かります」

無駄だとわかっていながら牽制する。

『今回は特別だ。先におまえの話を聞いておきたい』

「お話しできるようなことはないんですが」

『まあ、そう邪険にするな。こっちはこれでもおまえを心配してるんだ』

それこそよけいなことだ。

三島がこういう言い方をするときは必ずなにか裏がある。いいかげん話を打ち切ろうとした久遠だが、一瞬遅かった。

『おいおい。観てみろよ』

三島が声を上げたせいだ。ほぼ同時に、部下から一報を受けたらしい上総が、携帯をリモコンに持ち替えてテレビをつける。

そこに映し出された顔を、久遠はなんの感慨もなく目にした。

――待ってよ。そんなに一度に質問されても、聖徳太子じゃないんだからさ。

久々に注目を浴びて昂揚しているのか、小笠原の頬はうっすら赤らんでいる。もともと自己顕示欲の強い性分なので、外へ出るや否やメディアに働きかけるだろうと踏んでいたが、期待を裏切らない男だ。

久遠はテレビに視線を向けたまま、右手を煙草に伸ばして一本咥え、火をつけた。

――え、それ本当？　俺、殺人犯にされてたんだ？　どうしてまた。そんなリスク冒して、なんの得があるっていうの。

　上総が満足げな表情で眼鏡の蔓を指で引き上げる。これまで薬に女にと好き放題させてきたのは、いずれ使い道があると判断したからで、実際時間稼ぎになった。

　今後小笠原がＢＭの件に関してメディアで内情をべらべら喋ってくれれば、さらに世間の耳目を集めることになるだろう。

　その間に木島組としてやるべきことははっきりしている。

『まったく、人騒がせな男だよな。買収だなんだと騒ぎ立てたあげく、バラされたって話が持ち上がった途端、今度は殺人犯に仕立て上げられたんだぜ？　で、結果これだ』

　三島が声音に呆れを滲ませた。

　久遠は無言で一服する傍らテレビを眺める。

　――いままでどこにいたかだって？　それはまあ、内緒かな。自分探しの旅とでも言っておくよ。

　堪えられなくなったのか、上総がくすりと笑った。

　確かに自分探しの旅とは言い得て妙だと久遠も唇を左右に引く。

　なにをしていたか、自尊心の強い男はけっして白状しない。裏社会にも明るく、やくざをうまく利用したという自負がある限り、そのやくざに与えられた快楽を貪っていたなど、口が裂けても言わないはずだ。

一方、早晩連絡してくることも織り込み済みだった。一度覚えた薬物は、精神力ではどうにもならない。

──とにかくこうして帰ってきたんだし。

小笠原はカメラを意識した笑顔を作り、芝居がかった仕種(しぐさ)でひょいと肩をすくめてみせる。

──これからまたがんがん行くから、まあ、見ててよ。

そして、今日のショーは終わりとばかりに右手を上げ、さっそうとマンションへと入っていった。

小笠原さん、小笠原さんとリポーターの声と、その後ろ姿をもおさめようとカメラのシャッター音が響いたあと、テレビ画面はスタジオのコメンテーターたちに切り替わった。

上総に消すよう合図して、ふたたび携帯に話しかける。

「転んでもタダでは起きないということでしょうね」

ふん、と三島が鼻を鳴らした。

『他人事だな』

「他人事ですから」

久遠の返答をどう思ったのか、つかの間黙り込んだ三島は、次にはまたやけに機嫌のいい声を聞かせた。

『じゃあ、待ってるぞ。一時間後でいい。そっちもいろいろ話し合うことがあるだろうしな』

その一言を最後にぷつりと電話は切れる。

久遠が二本目に火をつけたところで、上総は三島の名を口にのぼらせた。

「いったいなにを聞きたいんでしょう」

「さあな」

あれこれ考えたところで仕方がないという意味でそう返す。三島が言いそうなことならだいたいの予想はできるが、身構えて行ったところでたいした意味はない。その場その場で最善の対処をするだけだ。

ただ、少なくともひとつははっきりしている。おまえを心配しているという三島のあの言葉は正確ではない。三島が心配しているのは「おまえ」ではなく、自身のメンツだ。不動清和会の四代目として顔に泥を塗られるのをなにより三島は危惧（きぐ）している。

差し向きまだ木島組の不始末ですんでも、この先はわからない。とばっちりはごめんだと、いま頃企（たくら）みを巡らせている最中だろう。

小笠原の出現で、呼び出しが三十分延びたことでもわかる。

「とりあえず今日はせいぜい三島さんの機嫌をとっておくさ」

上総にそう言い、内線で沢木を呼び出す。

『はい……あ、親父……沢木っすか？　あれ？　沢木、どこ行った？　めずらしいな。弁当でも買いに行ったかな』

真柴が他の者に問う声がしたあと、慌てた様子で本人が電話口に出た。

『すいません……すぐ車を回します』

通常の会社とはちがい、出勤退社、休憩時間が決まっているわけではない。やるべきことをやれば、あとは本人の自由だ。そのなかにあって沢木はいつ呼び出しがあってもいいようにと、常時事務所に詰めている。

私用を優先させることもなければ、外へ食事に出ることすらなく、たいがいコンビニで買った弁当を事務所でひとり食べていると聞く。

ひとつの例外を除いて。

和孝を気にかけるのはいいが、おまえも休めるときに休め――と声をかけて以降も沢木は相変わらずのようだ。それで気がすむのなら好きにすればいいと、久遠もこれ以上口を挟むつもりはなかった。

煙草の火を消し、ネクタイをきつく締め直したあと、上総とともに自室から一階へと移動する。上総に見送られて外へ出ると、すでにそこには沢木が待機していた。

「お疲れ様です」

車中に身体を入れ、行き先を告げる。

ハンドルを握った沢木の肩に力が入ったが、それも無理からぬことだった。運転手という立場上、他の組員より三島に接する機会も多く、そのぶんあの男の人となりを把握している。

誰よりも組を大事にしている沢木が、三島に対してなんらかの考えがあるのは至極まっとうなことだった。

いまの座に長く居座る気だと言ったあの言葉こそ、三島の本心だ。そのためなら身内ですら切って捨てることを厭わないという点では単純明快ともいえる。

かぶりを振った久遠は、頭から三島を追い出す。これから会わなければならないというのに、その前から厭な顔を思い浮かべる必要はないし、どうせこちらに不利な話であるのは明白なので、いまから詮索したところで時間の無駄でしかなかった。

自分が考えるべきは、今回の件にどう決着をつけるか、だ。早く終わらせるのも重要だが、それ以上にいかに無傷ですませられるかを優先しなければならない。いや、無傷はあまりに都合がいい。掠り傷程度で終えられればこの先ずいぶん楽になるだろう。

それとは別に——。

ルームミラーに視線をやる。沢木の額に一本皺が寄っているのが見えた。

「あれは変わりなかったか？」

「え、あ……はい」

口ごもりつつ沢木が頷く。

「そうか」

久遠はその一言だけ返した。

現状、和孝には警護をつけているが、見知らぬ人間ばかりのなか沢木の存在は心強いだろう。沢木自身にそのつもりがなかったとしても。

和孝には、もともと大人の顔色を窺う癖があった。それでいて負けまいと必死で両足を踏ん張っている姿は、久遠の目にはけなげに見えた。再会した当初もやはり昔と同じで、まるで毛を逆立てた猫のように警戒心を前面に出していたのだ。

いつの頃からか、少しずつ態度や表情に変化が現れた。素直に笑い、怒り、喜び、拗ねる。その表情に見入ったのは一度や二度ではない。

「………」

組はなにより大切だ。木島から受け継いだ組を、組員とその家族を守っていく義務が自分にはある。いまさら放り出すつもりは毛頭ない。

その一方で和孝を手放す気もないのだから、身勝手なことは誰より自分が承知していた。

囲ってしまえれば楽なんだが。

などと考える時点で、自分には三島を責める資格はなかった。

「あの」

赤信号で停車したタイミングで、逡巡を滲ませつつ沢木が口を開いた。

「じつは、この前の夜、父親の顧問弁護士と飯食いに行ってました」

言いにくそうなのは、告げ口をしているような後ろめたさがあるからのようだ。しかし、黙っていられないとばかりに沢木は言葉を重ねる。

「しかもやたら洒落た店で——警戒心が薄すぎるんです」

沢木が和孝に対して苦言を呈するのは命を助けられたという恩義からだが、おそらくそれだけではない。

和孝と沢木には縁がある。ＢＭが火事になったときしかり、思いつめた沢木が三島に自身の破門を求めて直談判しに行こうとしたときしかり。大事な局面に居合わせるのは、そういう縁ゆえだと久遠は思っている。

どこか似たところがあると言えば、おそらく双方否定するだろうが。

「バーの件で世話になると言っていたな」

「あ、はい。ただ……」

「言ってみろ」

先を促すと、沢木が声のトーンを低くした。

「あの弁護士、なんか気にくわねえっす」

同感だ、と心中で呟く。

非の打ち所がない？　完璧？

和孝の言ったように、確かにそういう人間はいるかもしれない。見た目、性格、評判、経歴、すべてにおいてひとつの瑕疵もない、理想を体現したような人間が。

だが、久遠自身はそういう人間に一度も会ったことはないし、写真と経歴を見た瞬間、沢木と同じ感想を抱いた。

胡散くさい、この男にはなにかある、と。

「言い過ぎました」

信号が青になり、ふたたび車が動き出す。

「もうすぐ着きます」

沢木がそう言ったのと、上着のポケットの中で携帯が震えだしたのはほぼ同時だった。

確認してみると鈴屋からで、久遠は携帯を耳にやった。

『いま事務所ですか？』

「車の中だ」

『なら、かけ直しますか？』

これには、このままでと答える。

　鈴屋の報告は簡潔だった。

『斉藤組ですが、近々植草さんを偲ぶ会を行うみたいですね。去年三回忌を大々的にやってたでしょう？　今年はごく近しいひとだけで集まるって話ですよ』

「こんな時期にか？」

　植草がホテルで腹上死したとされているのは、三月末だ。今日は十二月二日。偲ぶ会を催すにしても時期が早すぎる。

『四月に現組長の従弟の結婚式があるから年内に、ってもっともらしい理由をつけてるみたいですけど』

　くっと鈴屋が喉を鳴らした。

『決起集会だったりして』

　冗談めかしているが、鈴屋は至って本気だ。決起集会だとしても少しも驚かないという意味でもあった。

『それから』

　他にもなにかあるのか、鈴屋がめずらしく言い淀む。

『やっぱりあとにします。二時間後くらいで大丈夫ですか？』

　内密の話でもあるのか——すぐ目の前に目的地が見えている。久遠が思案したのは一瞬だった。

「一時間後でいい」

電話を切ると、携帯をポケットに入れた。

ちょうどマンションの前で車が停まる。

沢木を車で待たせ、ひとり玄関へ向かった。三島が同行者を禁じるのは、都内のマンションでも横浜の事務所でも同じだ。わらわらついてこられても鬱陶しいだけだ、というのが表向きの理由だが、ようは自身のホームに敵かもしれない輩を入れたくないのだろう。

インターホンで到着を告げると、まもなく玄関扉が開いた。

広いエントランスを抜け、エレベーターに乗ると点滅する階数表示を眺めて十数秒後、最上階で停まる。

エレベーターの前にはガラス扉があり、オートロックが解除されるのを待ってから三島の部屋へと足を進めた。

全体的に淡いオレンジ色の照明のせいでフロアは薄暗い。モノトーンの壁にしても絨毯にしてもハイセンスを売りにしているのだろうが、やくざに住まわれてしまっては台無しだ。

もっとも新興住宅地の計画を頓挫させた横浜の事務所とはちがい、ここでの三島は自身の肩書を誇示せず、あくまで一個人で借りているという。

解錠の音がして、当人の出迎えを受ける。どうやら差しでと言ったあの言葉は本当のようで、少なくともリビングダイニングには誰の姿もなかった。

ラフなシャツとスラックス姿でくつろいでいる様子の三島は、黒い革張りのソファに座るよう勧めてくる。まだ日の高いうちから飲んでいたようで、銀のトレイの上にはグラスと氷、ウイスキーのボトルが並んでいた。

その横にはクリスタルの灰皿があり、吸い殻のほとんどは三島が愛飲しているラークで、一本だけエコーだ。

「顧問がいらしたんですか?」

自分の前に顧問を呼んだということか。

「さすが目敏(めざと)いな」

サイドボードからグラスを手にして戻ってきた三島はこともなげに肯定したあと、二人分の水割りを作り、一方をこちらの前に置いた。

「話というのは?」

長居をする気はないためこちらから水を向けたところ、まるで親しい間柄でもあるかのような笑みを引っかけ、三島がグラスの中の氷を揺らした。

「相変わらずせっかちだな。たまには愛想笑いのひとつもしてみろよ」

こういうときの返答は決まっていた。

「俺の愛想笑いを見たいですか？」

そんなことのためにわざわざ呼んだわけではないだろう、と視線で伝える。

「ああ、まあ、見たくはねえな」

首の後ろをぞんざいな手つきで掻いてから、

「で？　どうするって？」

世間話さながらの気軽さで問うてきた。

「どうとは？」

「惚けるなよ。おまえがなんの対策もとってないとかねえよな。記者をバラしたのは木島組だってサツが嗅ぎ回ってるだろ。あのホームレスが小笠原じゃないってことは、サツはそっちもまとめて挙げるつもりだ。なあ、久遠」

滑らかな三島の口上が一度途切れる。次に来るのはもちろん決め台詞だ。

「なんでもそうだが、丸くおさめたいなら多少の犠牲は必要だよな。ここらで誰か出頭させたらどうだ？」

質問ではなく反論の余地のない命令に、即答を避ける。迷ったからではなく、自分の返答によって三島がどんな反応をするかと思案したためだった。

「三下じゃおさまらねえな。個人的なトラブルでついやっちまったってことにして、有坂にでも行かせりゃいい」

「いえ」

久遠は大腿(だいたい)に両手をのせたまま三島をまっすぐ見据える。

「誰も出頭はさせません。記者にしても小笠原にしても、うちは無関係なので」

三島が鼻に皺を寄せる。そして、あからさまなため息をつき、不正解だと言いたげに首を横に振った。

「関係あるとかないとか、そういうことじゃないだろ。おまえ、頭いいんだからわかるよな。このままじゃ、木島組だけではすまなくなる。最悪、うちの若頭であるおまえが懲役でも食らったら、一枚岩にヒビどころじゃなくなるんだよ」

三島の糾弾を無言で聞く。こういう話であれば電話ですんだはずなのに、あえてそうしなかったからには先があるはずだ。

しかも顧問にも根回し済みなら、ほぼ決定事項ということだ。

まあ、と三島が目を細めた。

「おまえが納得しない気持ちもわからないではない。有坂とおまえは先代の頃から同じ釜(かま)の飯を食ってきた仲だしな。だから、この件についちゃ俺が預かろう。うまくおさめてやるよ。木島組にとっても悪い話じゃないはずだ」

そういうことか、と合点(がてん)がいく。三島はこれを機に恩を売り、木島組を意のままにしようと目論(もくろ)んでいるのだ。

そうなれば、あとは容易い。今後、いつでも不始末の責任を問うて自分を若頭の座から外せるばかりか、これまでと同等の上納金を木島組から見込める。

計算高い三島らしいやり方だ。

どう返答しても、三島に分がある。拒否しようと承諾しようと、結果は同じ。三島につけ入る隙を与えるはめになる。

この事態を避ける方法はたったひとつ。三島の言ったように犠牲を出すことだ。それも早急に。

だが、なにも身内である必要はない。

返答するために口を開く。しかし、携帯の震えに気づいた。さすがに三島の前で電話に出るわけにはいかず無視しようとした久遠だが、相手はあきらめずにしつこくかけてくる。

「うるせえな。電源切っとけよ」

三島が不機嫌な顔をするほど何度も震える電話に、胸騒ぎを覚えた久遠はポケットから携帯を取り出した。

「久遠」

三島が睨んできたが、構わず席を立つ。

「失礼します」

そして、リビングダイニングの外へ足を向けながら、携帯を耳に押し当てた。

『すみません。携帯に入れたGPSなんですが、動きが気になるのでいまから追ってみます』

津守はすでに家を出たようで、外の喧噪が伝わってくる。その後、バイクのエンジン音も耳に届いた。

「わかった」

一言で電話を切ると、すぐに和孝の警護についている部下に連絡をつける。状況を問うたところ、前方に和孝のスクーターが見えるとのことだった。

今日は午後から、バーの売買に関する契約の件で父親と榊の事務所に行く予定だと津守から聞いていた。

眉をひそめた久遠に、戸惑いの滲んだ返答がある。

『用でもあるのか、自宅とは逆方向に向かってます』

「停めろ」

『え……はい』

その場で報告を待つ。

数分後。耳に届いた部下の声は上擦っていた。

『別人でした。頼まれたって言ってますっ』

思わず音がするほど歯嚙(はが)みをする。案の定だ。調査の結果を待つまでもなく馬脚を現したか。

『すぐ、弁護士事務所に戻ります』

後手に回った苛立(いらだ)ちを抑え、無駄だと止める。どうせもういない。

「おい。いつまで待たせるつもりだ」

痺(しび)れを切らした三島が、歯を剝き出しにして威嚇してくる。

「今日はこれで失礼します」

久遠は迷わず玄関へ向かった。

「なんの冗談だ？　勝手な真似(まね)は許さねえぞ。それとも俺以上に重要な用だって言うつもりか？」

矢のごとく背中に浴びせかけられる非難に、

「そうですね」

その一言を残し、三島宅を辞する。三島のことなどすでに頭になかった。

「忘れねえぞ、久遠！」

ドアが閉まる間際の怒声を無視して、振り返ることなくエレベーターへ向かう間に上総を電話で呼び出す。

「デスクの抽斗(ひきだし)にＧＰＳの受信機がある。津守にも連絡してくれ」

上総への説明はそれで十分だった。

――柚木さんの携帯にアプリを落としましたが、もしものときには役に立たないと思います。携帯は真っ先に捨てられるものなので。

津守の憂慮はそのとおりだ。久遠にしてもそれほどの期待はしていなかった。

――部屋の鍵、腕時計、携帯。どれかひとつでも役に立てばいい。

和孝の携帯を持っているのはスクーターの男だ。榊が持たせて走らせたとして、あの完璧な男は和孝の私物をどう扱うだろう。

すべて処分される可能性は高いが、あるいは――。執着心が強ければ強いほど、手元に残すことも考えられる。

外へ出た途端、車の傍に立っていた沢木の頬が強張ったのが見えた。その表情で、久遠は自身がどういう顔をしているか気づかされたのだった。

5

目覚めてすぐベッドから飛び起きた和孝(かずたか)は、見知らぬ部屋の中を注意深くチェックする。白い壁紙に天井、作りつけのクローゼット。オークの床の上にはアームチェアがひとつ。

がらんとした十畳ほどの部屋は真新しい木の匂(にお)いがして、まるで引っ越しをしたばかりのようだった。

実際、新築、もしくはリフォームしたばかりなのかもしれない。小さな窓の外へと視線を向けたところ、視界に入るのは緑一色で、街から離れた場所であるのは明らかだ。

それより、問題がひとつ。

和孝は結束バンドで固定されている両手首に目を落とす。丁寧に包帯が巻かれているおかげで細いバンドが皮膚に食い込まずにすんでいるとはいえ、きっちり締められているため一センチ離すのも不可能だ。

上着を脱がされ、シャツの釦(ボタン)をふたつ外されてはいるものの、いまはそれがどうでもよくなるほど結束バンドをなんとかしたかった。

一方で脚は自由に動かせ、ベッドから下り、歩き回ることもできる。

部屋から出ようとベッドを下りてすぐ、はっとして背後を振り返った。

「……なんだよ、これ」

額に入れられた写真が壁に飾られている。スーツを身につけて笑みを浮かべている自分のバストショットだ。

その視線は上空に向けられている。いつの間にこんな写真を撮ったのか、と疑問に思うまでもない。前髪を後ろに撫(な)でつけたヘアスタイルは、BM(ビーエム)でマネージャーをしていたときのものだった。

「美しいだろう?」

唐突な声に、身体(からだ)ごとドアのほうへ向き直る。榊(さかき)はうっとりとした表情で目を細め、壁の写真を眺めている。

「客を案内係に任せたあと、一瞬だけきみは視線を上へ向けた。さながら故郷に焦がれるかぐや姫のごとしだ」

どうやら同伴した際に隠し撮りされたもののようだとわかるが、榊の喩(たと)えには背筋が寒くなる。いい大人が「かぐや姫」なんて言われてもぞっとするだけだ。

しかもこの状況で。

「なにがしたいんですか?」

悪趣味だ、つき合い切れない、と不快感をあらわにする。

榊はいたって普通、微塵も悪びれたところはなくこれまでどおり笑顔で応じる。

「ああ、そうだ。一応和孝くんの好みを揃えてみたから大丈夫だと思うんだけど」

そう言うと、クローゼットの扉を開く。そこには衣服がずらりと並んでいるが、今度は別の意味で寒気を感じた。

初めて榊に対して不快感とは別の、恐ろしさを感じる。

「好み」という言葉は嘘でも冗談でもなく、クローゼットにある衣服は最近普段着で愛用しているファストファッションブランドのものだった。

「ちょっとお洒落をして食事をしたいときは、こっちね。もちろん他に必要なものがあればなんでも遠慮なく言ってほしい。きみの要望はできるだけ叶えるつもりだから」

「俺の携帯」

まずは結束バンドを外せと言いたいところだが、要望と聞いて真っ先に口から出たのはそれだった。

「携帯は……すまない。ここにはないんだ」

予想していたとはいえ、榊の返答に失望する。あれにはお守りだと言われてGPSが入っていた。

となれば、津守が異変に気づくのは定休日明けの明日だ。ここがどこであってもこの状態でしばらく我慢しなければならないと思うと——舌打ちが出た。

榊への不快感もあるが、それ以上に自身に対する苛立ちが込み上げる。

父親の顧問弁護士という立場に油断していた。周囲の評判を鵜呑みにして、久遠の忠告すら穿ちすぎだと思っていた。親身になって相談にのってくれるいい弁護士だと、いつの間にか気を許してしまっていた。

その結果がこれだ。

先日、酩酊したときに疑うべきだったのに。

「どうしてこんなことをするのか、聞かないんだね」

クローゼットの扉を閉めた榊が、小首を傾げる。

「聞きません。興味ないので」

理由なんてどうでもよかった。こんな真似をする理由を尋ねて理解してやるほどお人好しではない。

それをどう受け取ったのか、榊は感心したとばかりに目を大きく見開いた。

「さすがに腹が据わっているな。十七歳で家を出て以来、いろいろ大変な目に遭ってきたからね」

「…………」

瞳を輝かせて語り出した榊に無言を貫く。この手の人間は、なにか少しでも反応すると喜ぶだけだ。

「お父さんが再婚したのは間違いだった」

こういう話までしたのか。と驚いたものの父親の迂闊さを責められない。自分ですらこうなのだから、父親が榊に全幅の信頼を寄せていたとしてもしようがないことだ。

「きみが若くして被った災難を考えると、やはりお父さんの罪は重いな」

だが、これには黙っていられなかった。

挑発だと思いつつ、榊に歩み寄り、目の前に立つ。

「罪ってなんですか。あなたには関係ないでしょう。なにも知らない他人のくせに安易に首を突っ込んでくるの、やめてください」

口早に抗議する。よけいな真似をしたら許さないと、脅しも込めた。父親と義母はまだしも孝弘の身になにかあったら――想像するだけで恐ろしさに身が凍った。

「確かに」

榊は笑みを湛えたまま頷く。

「僕がきみについて知っていることはほんのわずかだ。留学なんて体のいい厄介払いにも屈せず、十代で独り立ちして、あの田丸慧一とも渡り合った。小笠原諒一のせいでＢＭを失ったあともけっして腐らず、調理師免許を取得して自身の店を持ったことを考えると、きみは本当に柔軟で強い」

「…………」

滔々と語る榊に、和孝は衝撃のあまり言葉を失った。

ほんのわずか？　冗談じゃない。いまの話が事実だとすれば、榊は自分を十年前から知っていたことになる。

そんなまさか……。

ＢＭのマネージャーになって以降のことは調べればわかる。だが、それ以前、留学の話をなぜ知っているのか。

久遠を除けば、当然誰にも話していない。家を出た理由は父親と不仲だったからと、津守や村方にすらそう伝えた。

それなのに、榊はすべてを知っている。宮原と会う前の半年間、久遠と暮らしていたことすらも知っているのではないか。そう思うと、目の前にいる榊が得体の知れない者に見えてきた。

「……何者だよ」

じわりと冷たい汗が背中に浮いた。不安感からうなじに鳥肌が立つ。

「何者って」

はらりと落ちた長い前髪を榊がゆっくり搔き上げた。

「なんて言ったらいいのかな。ただ、常にきみの味方であることは間違いないよ」

少しはにかんだ笑みは、魅力的ですらある。数時間前の自分なら、好意的に受け取ったはずだ。

その事実が気持ちの悪さに拍車をかける。

「……俺をどうするつもりですか」

これ以上榊が何者なのか聞いたところで、到底納得できる答えには至らないだろう。質問を変えると、つかの間、思案のそぶりを見せた。

「どうするつもりか、か。たぶんいま僕がなにを言っても、きみは懐疑的な受け止めかたしかできないだろうけど、最初から言っているとおりだよ？　きみが月の雫で輝くのを見てみたい」

「…………」

和孝にしてみれば、この言い分も意外だった。つまり榊は嘘をついたわけではなく、月の雫をちゃんと自分の手に委ねるつもりはあるらしい。

それなら、ますますこんな行動に出る理由が判然としない。

「なにが目的なんですか」

聞き方を変え、同じ意図の質問をくり返す。

「なにって」

目を瞬かせる榊は、なぜわからないのかと困惑すらしているように見えるが、実際そのとおりのようだった。

手を額にやると、ゆるゆるとかぶりを振る。そして、額から離した手で長い巻き毛を払うと、手近にあったアームチェアを引き寄せてそこに腰かけ、脚を組んだ。

「少し話そう。座って」

「………」

話なんかない、と突っぱねるつもりだったが、まっすぐな双眸で見据えられ、渋々ベッドに腰かける。榊の言葉に従ったわけではなく、こんな蛮行と曇りのない瞳のギャップに戸惑ったのだ。

「十年前。小さな事務所でイソ弁をしていた僕に最初に与えられた仕事は、やくざの顧問弁護士だった。好き嫌いなんか言える立場じゃない。ボスに従うだけだ。毎日厭々仕事に行ってたんだが、ある日、運命ともいえる出会いがあった」

いったいなんの話をしているのか。榊の意図が読めずに、黙ったまま耳を傾ける。聞くに値しないと拒絶するには、あまりに疑問が多すぎた。

「その頃ちょうど森沢組が目をつけた家があって、うまく妻に取り入って我が物顔で出入りするようになった。僕も何度か同行させられた」

「……森沢、組」

古い記憶を引っ張り出す。どこかで聞いた話だと怪訝に思うのは当然で、その森沢組こそ自分が家出をする遠因だった。

榊の言葉にあったように、当時、我が物顔でチンピラどもが家に出入りしていた。名前も顔も憶えていないけれど、彼らの振る舞いを許す義母、なにより見て見ぬふりをする父親にほとほと愛想が尽きて家を飛び出したのだ。

その森沢組の顧問弁護士が榊で……当時から家に出入りしていた？

思い出そうとしたところで十年も前の話だ。まともに話もしていない人間のことなどまったく記憶にない。顧問弁護士がいたというのもそうだし、榊という名前にも聞き憶えがなかった。

榊のような外見なら、少しくらい印象に残っていてもいいはずなのに。

困惑する和孝に、榊は懐かしそうに目を細める。

「十七歳の子が毅然とした態度をとっているのに、自分はなにをやっているんだろうって我に返ってね。だから、きみは僕の恩人でもある」

「……榊、さん」

榊の顔をじっと見る。少しだけ目尻の下がった穏やかな面差し。まっすぐな細い鼻梁から唇のラインは端整だ。

ウェーブした長めの髪は榊によく似合っている。

和孝は、首を左右に振った。

「俺……あなたを知りません」

　いくら思い出そうとしても、そもそも会った記憶すらない。実家に出入りしていたチンピラ連中はみな似たり寄ったりで、榊のようなタイプはひとりもいなかった。

「ああ」

　榊が一度睫毛を伏せる。その後の話は、俄には信じがたいものだった。

「きみが憶えていないのは当然だ。当時とは外見がかなり変わったからね」

　長い指が自身の鼻筋を撫でる。

「きみが家を出たと知って、森沢組と縁を切るために事務所を辞めたんだ。一から出直したかった。上っ面を変えるのは案外簡単だ。難しいのは自身の過去。やくざの顧問弁護士なんて——最低だよ」

　静かな口調とは裏腹に、あまりに突飛な内容だ。しかも、難しいと言いつつうまく過去を変えられたからこそ、現在の誰もが太鼓判を押す榊洋志郎という弁護士がいるのだ。

「……どうやって」

　方法ならいくつか浮かぶ。だが、それはドラマのなかであって、実現させられるものとは思えなかった。

　笑みを浮かべたまま、榊はそれについては答えない。自信に満ちあふれた仕事ぶりを知っているだけに、目の前の榊に対して苛立ちがこみ上げる。

　どんな事情があろうと、そんなのは榊に限らない。誰でも秘密にしたい過去や後悔は少なからずある。

知らねえよ、と和孝は心中で吐き捨てた。

恩人とか人生変わったとか、どうでもいい。自分には関係ない、好きにやってろというのが本音だ。

自分にとって問題なのは、いまこうして望まない状況に置かれている事実だ。

「この前……月の雫に行ったときも、榊さんがやったんですよね。なにがしたいんですか」

榊の目的はいったいなんなのか。一歩まちがえれば、十年かけて築いてきた完璧な経歴と信用、将来さえも棒に振るはめになるというのに。

「薬を使うからどうしても少ない量でのリハーサルが必要だったんだ。自分で何度も試したんだが……各々体質がちがうからね。きみの負担はできるだけ少なくしたかったんだ」

申し訳なさそうに言われても、苛立ちは増す一方だ。榊へ、というよりまんまと騙されて、良い弁護士と信頼していた自分の見る目のなさが厭になる。あまつさえ、好感すら抱いていた。

――完璧な弁護士、か。それを鵜呑みにしろと？

久遠は端から疑っていた。

――任せきりにする気はないから安心して。

自分にしても、あのときそう答えたのに……結局これだ。榊の熱意に絆(ほだ)され、知らず識(し)らず操られてしまっていた。

「いったいどこから関与していたんですか。まさか、週刊誌記事の件、榊さんがリークしたとか言いませんよね」

吐き出すようにそう放言した。

「ああ、あれ」

しかし、よもや認めるとは予想だにしておらず、二の句が継げなくなる。

「やくざって愚かだと思わないか」

榊の表情が一変した。普段からすると別人に思えるほど冷淡に見える。

「短慮で、すぐに頭に血がのぼる。つき合うのが本当に苦痛だ」

同意でも求めているのか、まっすぐ視線を投げかけられて無視できなかった。

「あなたよりよほどマシです」

実際のところ、自分には榊の話の半分も理解できない。理解するつもりもない。榊がなにを望んでいるのか知らないが、他者を巻き込み、貶(おとし)めるやり方には嫌悪感しかなかった。

榊に比べれば、あの小笠原ですらまだ可愛(かわい)いものに思える。自身の欲望に素直という点は同じだが、榊の場合はあまりに計算高く、執拗(しつよう)だ。

「きみを責めてるわけじゃない。悪いのはあっちだ。多感な時期の子を取り込むのは容易かっただろう。野蛮人のくせに、いまだしつこくまとわりついて——許せないな」

知ったふうな口を……と言い返したかったが、いちいち反応するのも腹立たしい。自分と久遠がどうやって巡り会い、過ごしてきたか、他人に教えるつもりはさらさらなかった。

ぐっと一度奥歯を嚙み締めた和孝は、榊へ手首を突き出す。

「もうどうでもいいので、これを外してくれませんか」

一刻も早くこの場から去りたい、その一心だったが、榊は同情的にすら見える苦笑を浮かべてみせた。

「外すと、きみ、出ていくだろう?」

当たり前だ。薬まで使われて平気な人間がいるはずがない。返事をする気にもならずに、ただ睨みつける。

「その目。昔を思い出すよ。やっぱりきみは特別だ」

「………」

うっとりとしたまなざしにはぞっとし、おぞましさすら覚える。

黙り込むと、なにを勘違いしてか榊は両手を合わせ、嬉しそうな笑みを浮かべた。

「そうだ。お茶にしようか。いい紅茶が手に入ったんだ」

なにを考えているのか、心なしか浮かれているように見える。まるでパーティでも始まるよう、と思った途端に眉根が寄った。

榊にとってはまさにそうなのかもしれない。

「あ、和孝くん。甘いもの大丈夫だったよね。フルーツタルトがあるんだ」

こんな真似をしておいてこれまでと同じ——いや、これまで以上に親しみを見せる。まるで悪びれたところがないばかりか、こうするのはきみのため、とでも言いたげなふしさえある。

「俺、ここにいる理由ないんで」

これ以上相手にできない。榊を無視して、和孝は出ていくために足をドアへ向けた。

「和孝くん」

直後、伸びてきた手を反射的に躱すと同時に足が出る。榊の大腿を蹴り上げた、つもりだったが現実には掠っただけだった。

「わ」

意外な反射神経を見せ、榊が身を退いた。

覚えず舌打ちが出たが、当人は気分を害した様子もなく苦笑いで応じる。こういう態度も織り込み済みらしい。

「そんなに怖がらないで。僕がきみに危害を加えるはずがない」

その言葉が本心だとわかるからこそ、ぞっとする。こうなってもまだ紳士的な振る舞いで接してくるから、なおさら性質が悪い。

拉致監禁なんかするようなのは単純で粗野な人間が多く、半面、扱いやすい。一方、榊という男は得体が知れず、こちらがどう接しようと無駄に思えるのだ。

「怖がってるんじゃない。腹を立てているのがわからないんですか。ばかにするのもいいかげんにしてください。言っとくけど、俺は言いなりにはならない。なにがなんでもここを出るから」

悪手と承知で、激情のあまり途中から悪態になる。

抗戦的な視線で睨めつけた和孝に、榊が戸惑いを見せたのはほんの数秒だった。

その後はまた、いつものとおりだ。

「そうだね。鬱憤は吐き出したほうがいい。僕がいくらでも聞く」

「だからっ。そういうこと言ってるんじゃない！」

余裕の態度であしらわれると、いっそう頭に血がのぼる。冷静にならなければとわかっていても、すべて躱されてしまうせいでうまくいかない。

「とりあえずお茶を淹れてくるからね。待ってて」

反して、まるでかんしゃくを起こした子どもでも宥めるかのような態度の榊は終始落ち着いている。主導権を握っているのは自分だと誇示したいのだとすれば、確かに効果はあった。

くそっと小さく毒づいた和孝は、落ち着けと心中で自身を叱咤し、肩を上下させた。

「お茶はいらないので、俺を解放してください。こんなことをしたってなんにもならないことくらい、わかってるでしょう。明日になれば、店に出てこない俺を心配して津守くんや村方くんが動くでしょう」

警察沙汰にはしたくないのでは、と言外に問う。そうなって困るのは、立場のある榊のほうだ。

「だろうね」

榊は軽く頷く。

「ふたりしていなくなったこと、きみの友人たちにはすぐに伝わる。でも、あの男を出し抜くにはこうするしかなかった」

「あの男？　まさか、俺のためとか言いませんよね？」

自分で質問しておいて、そのおかしさに吹き出した。

「ないな。あんたは俺のためなんかじゃなくて、自分のためにやってるんだもんな」

さっきまでは取り乱さないように、冷静にと自分に言い聞かせていた。だが、そんなことはもうどうでもいい。それほど、腹の底から怒っていた。

幾度となく危険な目に遭いながら傍にいたいと思うなんて、と懲りない自分に呆れることは多々あるし、俺みたいな面倒な奴とよくつき合うねと自虐を込めた一言を久遠へぶつけたこともある。

　どちらも本心からだし、いまもその気持ちは同じだ。

　他者から見れば、さぞ滑稽だろう。

　けれど、だからといって外野に口出しされるのは我慢ならない。アドバイスなんて不要だし、したり顔の正論ならなおさらムカつくだけだ。

「こうするしかなかった？　勝手に言ってろ。俺はいま、自分の意思で精一杯やってる。もしその結果不幸になったとしても、自業自得。そんなのはとっくにわかってるんだ」

　人並みに幸せになりたいという思いは当然ある。周囲の人たちを泣かせたくないとか、穏やかに暮らしたいとか、たまにはちょっとした愉しみも欲しいとか、そういう日常を望むのと同じくらい、久遠とのハッピーエンドを望んでいる。

　もしかしたら人一倍その思いは強いかもしれない。

　一方で、それがいかに贅沢であるか厭というほど身に染みてもいる。いまさら無関係の他人になにを言われようと、これっぽっちも胸には響かない。

「あんたがどう思おうと、俺は帰る」

　怒りでざっと全身が粟立った。真正面から榊を見据え、不自由な両手のこぶしを固く握り締める。そうしないと、いまにも榊に飛びかかってしまいそうだった。

「――和孝くん」

やはり榊には通じず、哀れみすらその顔に浮かべた。

「そういう一本気なところは、やっぱり親子なんだなって思うよ。確かに、人間って身勝手なものだね。同じ面を見ているはずなのに一方からだと癇に障るのに、他方からは好ましく見える」

まるで話が嚙み合わない。それが自分のせいなのか、それとも榊のせいなのかを考えることは無意味だろう。

和孝には、榊に同調できる部分がこれっぽっちもない。

過去にも何度か理不尽な目に遭わされてきた。なかでも数日にわたって田丸慧一と白朗に監禁されたときのことは、いまだに思い出すと背筋が寒くなる。

あのときはあれ以外の方法がなかったとはいえ、もう二度とごめんだ。久遠にしても屈辱を感じたから、いまだ田丸の動向を注視しているのだろう。

だが、榊には彼らとは別の不気味さを覚える。一貫して人当たりがよく、紳士的なぶんなんとも言いがたい不快感に襲われるのだ。

和孝は顔をしかめると、話は終わりだ、出ていくと言うために口を開いた。

「俺は――」

その直前で、榊が顔色を変えたのが見てとれた。

「なにを……」

この期に及んで他に気をとられている様子に苛立ち、詰ろうとすると、榊は唇に人差し指を当てた。

そして。

「邪魔が入った」

邪魔？　耳を澄ましてみたが、自分にはなにも聞こえない。気配もない。口を噤むと一切無音、静寂が広がるばかりだ。

「携帯は処分したのに……ああ、他にもＧＰＳがあるってことか。やはり私物をすべて処分すべきだった。僕は初めから疑われていたというわけだな」

失望の色を浮かべつつも、慌てふためく様子はない。この隙に逃げようとした和孝だが、手首を拘束されているせいでバランスを崩し、よろめいた。

「危ない」

榊はすかさず両手を伸ばしてくると、ため息混じりの小言をこぼした。

「駄目じゃないか。転んで怪我でもしたらどうするんだ。打ち所が悪ければ、骨折することだってあるんだよ」

榊という男がますます理解できなくなる。その目、表情、口調、すべてが心底案じているように見えるのだ。

「俺を騙して、こんな目に遭わせてるのは誰だよ」

いいかげん紳士のふりはやめろという意味で言い放った和孝に、心外だと言いたげに榊が大きく息を呑んだ。

「僕が騙した？　きみを？　まさか」

　しらばっくれるのもいいかげんにしろ。

　腹立たしさから思い切り榊の手を振り払う。

「確かに多少強引なやり方をしたけど、僕はいつもきみに誠実だったつもりだ」

　降参とばかりに両手を上げる榊は、本気でそう信じているにちがいない。会話が嚙み合わないのも当然だ。仕事に対して誠実、誠心誠意尽くす男は、いまも同じだけの熱意を傾けている。

　とても大事なことだとでも言いたげに。

「所詮やくざと甘く見ていた僕のミスだ。もっとちゃんと話したいけど、今回は身を退いたほうがよさそうだね」

　寂しそうな笑みが端整な顔に浮かぶ。そして、ごめんね、とその一言を最後に榊が背を向けた。

「榊さん——きっとあなた、後悔する」

　こんなやり方を久遠が見逃すはずがない。

　立ち去ろうとする背中にぶつけると、なにを思ったのか、榊は部屋に留まりドアを閉めた。

「反社会的組織についてはこの際置いておこう。善悪では片づけられないのが人間というものだ。ただし、少しでも後ろめたさがあるならかかわるべきじゃない。後悔と言ったね。それは、きみのなかにあるんじゃないか？　純な人間ほど罪悪感は自覚のないうちに降り積もっていくよ」

「……なにが言いたいんですか」

「きみは気づいているはずだ」

は、と和孝は嗤笑する。

かかわるべきじゃない？　こんな暴挙に出ていながら、やはり榊はなにもわかっていない。が、それを教えるつもりはなかった。いままで悩んで、迷って、自分なりに出した答えは自分ひとりのものだ。

榊の視線がそれる。自分を通り越し、外に気をとられてるようだ。

怪訝に思って肩越しに振り返ったが、窓の外に見えるのは緑。ずっと先まで竹林が続いている。

「お迎えが到着したみたいだよ」

またしても寂しげなため息をついた榊が身を返し、ドアへ足を向ける。だが、いったんこちらへ戻り、唐突に腕を摑んできた。

「さか……」

抗う間もなく右頰に唇が押し当てられる。時間にすると、わずか一、二秒だっただろう。

「それじゃあまた」

その一言を最後に榊は足早に離れる。まるで舞台袖に引っ込む俳優さながらの振る舞いでドアを開けた――直後だった。

「……っ」

飛び込むタイミングを計っていたのか、ライダースーツに身を包んだ津守が立っていた。いきなり榊と対面して、瞬時に身構える。

「津守くん！」

思わず駆け寄ろうとしたが、津守に止められ、距離を置くよう指示されて壁際まで下がった。

不思議なのは、どうしてこの場所がわかったかだ。質問しようとした和孝は、榊の言葉を思い出した。

――他にもＧＰＳがあるってことか。

どうやら榊の推測どおり、周到に津守は携帯以外にもＧＰＳをつけていたらしい。

驚くべきは榊だった。動物並みの嗅覚でいち早く津守の気配を察知していた。にもかかわらずまだこうして目の前にいるのは、自分が発した「後悔する」という一言のせいにほかならない。

単純に、あんまり舐めているといまに痛い目を見るという意味だった。そうなって後悔しても手遅れだと。

榊は後悔の意味を勘違いしたみたいだが。

小笠原の失踪で砂川組を利用し、南川をけしかけてまで強硬手段に出たくらいだ。それ相応の覚悟があってのことだと思っていたけれど、当の榊からは思い詰めた人間の悲壮感が伝わってこないばかりか、初めから浮かれているようだった。

いまもそうだ。津守を前にしても態度は変わらない。小首を傾げて思案のそぶりを見せるものの、追い詰められた人間のそれとは明らかにちがう。

「津守くんだったか。さすが警備会社の跡取りだね」

津守を褒めたあと、

「きみも、また近いうちに」

まるで緊張感のない笑みを投げかけてきてから、榊は意外なほど素早い動きでするりとドアから出ていってしまった。

津守があっさり逃がしたのは、不要な手出しはしないよう久遠から命じられているからだろう。津守の立ち位置はあくまで一般人、Paper Moonのスタッフだ。

「またって……なんだろうな。あの悪びれなさ」

薬まで使って拉致するなんて大それたことをしでかしておきながら、あまりに飄々としている。緊張感の欠片もない。

疲労感を覚えながら、拘束されたままの両手首を津守の前に差し出す傍ら和孝は礼を言う。

「津守くんのおかげで助かった。本当にありがとう。それで、できればこのこと、久遠さんには黙っててくれないかな」

これ以上無駄な心配をかけたくなかった。本音を言えば失態を知られたくないという思惑ももちろんある。

津守は、和孝の結束バンドには目もくれず自身の腕時計を一瞥した。

「そううまくはいかないんじゃないか」

「それ、どういう意味？」

和孝が問うたのと、部屋の外で大きな物音がしたのはほぼ同時だった。咄嗟に部屋から飛び出すと、怒りのこもった声が吹き抜けの天井に響き渡る。

「じっとしてろ」

聞き憶えのある声に階下を覗いた和孝は、そこに立つ男を目にして呆然とする。

「え」

玄関ホールには、榊の上に馬乗りになっている沢木と――その傍に立つ久遠。

「こいつ、やっちまっていいっすよね」

怒鳴っているわけではないのに、沢木の怒りが二階の空気までびりびりと震わせる。首を押さえられているせいだろう、榊の苦しげな呻き声も聞こえてくる。

「いまは駄目だ」

久遠の指示に、沢木が不本意そうに唸った。舌打ちが二階にもはっきり届く。

久遠が顔を上げた。

視線が合い、最初の衝撃から我に返った和孝は、転がる勢いで階段を下りてふたりのもとへ駆け寄った。

呼吸がままならずに赤黒く顔を染めた榊を見下ろす。苦しげに口をぱくぱくと動かす姿を目にしても、気の毒だなんて少しも思わなかった。

「まさかとは思うけど、あんたが父の店の悪評を立てたんじゃないのか?」

およそ半年ほど前にPaper Moonを開店した。ちょうどその頃、父親の顧問弁護士が榊に替わり、産地偽装の噂が立ち始めたと聞いた。

もし裏で榊が糸を引いていたなら、時期が重なっていたのも合点がいく。偶然が重なる確率は低いと久遠も疑っていたのだ。

「解放してやれ」

「……はい」

沢木が渋々手を離して立ち上がった。一気に酸素が肺に入った勢いのまま咳き込む榊の背中に、同じ質問をぶつける。

肩を大きく揺らしていた榊は、ごろりと身をひるがえして仰向けに転がった。

「死ぬかと思った」

そして、何度か深呼吸をすると上体を起こし、乱れた巻き毛を両手で整えたあと久遠へその目をまっすぐ向けた。

「申し訳ありません。どうやら足首をひねったみたいなので座ったままで失礼します。切れ者と噂の木島組の組長さんですね。初めまして。榊洋志郎と言います。柚木くんとはお父さんの顧問弁護士として親しくさせてもらっています」

ここまでくると、唖然とするしかない。たったいま死にかけたというのに、榊は久遠を恐れるどころかまるで新しいクライアントにでも会ったかのごとく滑らかな挨拶をするのだ。

乱れたシャツから覗いた首には、くっきりと沢木の手の痕が残っているというのに。

しかもこれでは終わらなかった。

「せっかくだからもっとゆっくり話をしたいところなんですが、もうあまり時間がありません。僕から一定の時刻に連絡をしないと、友人が地元警察に一報を入れる手筈になってるんです」

　榊が左手の腕時計をかざして見せる。

「もう十分過ぎてしまったから、もうすぐ到着しますよ」

　本当なのか、それともはったりか。事実はどうあれ、榊ならそれくらいの準備はしていそうだ。

「てめえ、フカシだろ」

　久遠もそう考えるから、苛立ちをあらわにする沢木を制するのだろう。

「帰るぞ」

　階下へ下りてきた津守を視線で促してから、榊を無視して踵（きびす）を返（かえ）す。その後ろを沢木が追い、和孝もそれに続こうとした。

「和孝くん」

　呼び止められて、一度振り返る。

「さっきの質問だけど、僕が意図したわけじゃない。真実を炙（あぶ）り出そうとした結果、契約農家が勝手に暴走しただけだ。だからお詫（わ）びもちゃんとしたよ。ほら、ＳＮＳの書き込みで変わっただろう？」

　聞く価値もなかった。

　榊の言葉に失望し、返事もせず置き去りにする。玄関には意外にも自分の靴がちゃんと揃えてあり、それを履いて表に出てみて、はっとした。

自分がいたのは、木島組の別荘によく似たコテージだ。外壁からも真新しい木の匂いがするところをみると、やはりリノベーションして間もないようだ。

周囲の環境も同様だった。玄関に続く緩やかな坂道、そこから延びていく小道の両脇には竹林が広がっている。他に民家は見当たらず、四方を深緑の竹林に囲まれた別荘は、おそらく大声を出したところで誰の耳にも届かないだろう。

そういうところも木島組の別荘を連想させる。

榊が木島組の別荘を知っていて、故意に似せたのだとしてももう驚かない。あの男については、もはや考えたくないというのが本音だった。

「結束バンド、外してほしいんだけど」

沢木でも久遠でもどちらでもよかった。が、ふたりともこちらを振り向きもしない。

仕方なく、不自由な状態で小道の先に停めてある車へと急いだ。

「……機嫌、悪い？」

前を行く背中へ声をかける。喜怒哀楽をほとんど表に出さない久遠だが、さすがにこれだけ顔を合わせていると不機嫌なことくらい察することができる。

「悪いように見えるなら、そうなんだろう」

ただでさえ威圧感があるというのに、ぶっきらぼうな口調のせいでよけいに凄まれているような心地になったが――もしかしてこれは不機嫌というより怒っているのかもしれないと、ようやく思い至った。

忙しいなか面倒をかけた事実については申し訳ないと思っている。だが、今回に関していえば被害者だし、数時間で津守に助けられたのだからそもそも久遠が来る必要すらなかった。

「わざわざ来てもらって、ごめん。俺、津守くんのバイクで一緒に帰ろうかな」

まだ間に合うかもしれない、と後ろへちらりと視線を流した、その直後、身体が浮き上がり、無理やり車の後部座席へと押し込まれた。

すぐに車は動き出す。

しんと静まり返った車内の居心地の悪さに耐えかね、

「……なんでだよ」

謝ったじゃん、とつい愚痴が口をついた。

大きな舌打ちが耳に届く。運転席からだ。

こういう場面で沢木があからさまに割り込んでくるなどまずあり得ないため、これはよほどの状況だと悟り、和孝は即座に唇を引き結んだ。

「すいません」

沢木が謝罪する。我慢しかねて舌打ちが出たのだとすれば、いっそうこちらの分が悪い。

　確かに油断したのは和孝自身の落ち度だ。父親の顧問弁護士で、世話になっているという精神的負い目もあり、できる限り面倒をかけまいと愛想よく接してしまった。契約を優先するためとはいえ、榊を頼ったのは事実だ。

　久遠はおそらくそういう部分を把握し、危惧していたから、任せきりにせず自分で判断したほうがいいと助言してきたのだろう。

　あれは、榊に気を許すなという意味だった。

「あ……うん。俺が悪いな」

　久遠が怒るのも無理はないとやっと気づき、今度は心から頭を下げる。両手首の拘束はそのままに姿勢を正すと、あとはひたすらおとなしくしていた。

　思っていたより遠くまで連れてこられていたらしく、自宅に到着するまで時間がかかり、マンション前の駐車場で停まったときにはすっかり夜になっていた。

「冴島先生に連絡するから、診てもらえ」

　車から降りようと開いたドアから半身を出した和孝に、ようやく口を開いたかと思うと、久遠はそんな一言をかけてくる。どうやら下車する気もないらしい。

　いまは距離を置かなければならない局面にあるというのは重々承知している。そんななか、わざわざ来てくれたことに関しては素直に感謝しているし、なにより嬉しくもあった。半面、やっと会えたのに、とあっさりした態度の久遠へ恨み言のひとつもぶつけたくなった。

泊まっていけとまでは言わない。だが、一時間……いや、三十分、コーヒー一杯飲んでいく気もないのか。少しでも一緒にいたいと思うのは自分だけなのか、と。

もとより身勝手は承知のうえで、ふたたび車へ戻った。

「俺、今日は久遠さんの部屋に泊まるわ」

無茶苦茶な言い分だ。こんなのは子どもの駄々同然と突っぱねられてもしようがない。

だが、榊のことがあって不信感が募っているいま、このまま放り出されるのは納得がいかなかった。

「俺を囲うつもりなら、口先だけじゃなく行動で示せばいいだろ」

もともと俺はそんな物わかりのいい奴じゃないし。と、心中で開き直って、車中に居座る。内心では、どうか降りろと言ってくれるなと祈るような心地だった。

「四谷(よつや)に行ってくれ」

久遠が沢木にそう声をかける。行き先は自宅とはちがうが、追い出されずにすんでとりあえずほっとする。

ちらりと運転席を窺(うかが)った。さぞ沢木は呆れているだろうと思ったからだが、特に反応はなかった。

シートに背中を預けた和孝は、沢木から隣に座る久遠へ意識を移す。普段から考えがほとんど読めない横顔は、こういうときでも同じだ。

だからこそ頼もしいし、本音を言えば少し寂しくもある。久遠は自分にとって特別な相手だし、特別扱いされているのもよくわかっているが、独り占めできる日はけっしてこない。組員の親という立場は常について回る。

と、そこまで考えた和孝は、急に羞恥心に駆られて目を伏せた。

すんなり車を降りるべきだった。駄々をこねる子どもと一緒と自覚しながら、恥ずかしげもなくよく居座れたと、いま頃になって頭が冷える。

囲うつもりなら行動に移せなんて、実際そうされたら困るくせに。これでは、威勢だけは一人前だと嗤われてもしようがない。

「俺――」

勝手な真似をしてごめん。おとなしく帰る。

いまからでもそう言うべきだと思い直した和孝だが、久遠の視線を感じて顔を上げる。目が合ったのは一瞬だったが、反省とか羞恥心とか二の次になるには十分だった。

取り繕ったところで、きっと久遠には伝わってしまう。どうせそうなら、やせ我慢しても無駄だということだ。

窓の外へ目を向ける。街灯のもと、桜紅葉がはらはらと落ちていく様を眺めながら交差点を左に折れ、新宿通りを走ってまもなく——横道に入ってすぐのところにあるマンションの前で車は停まった。

自宅とは別にいくつか部屋があると聞いてはいたものの、和孝がこの場所に来るのは初めてだ。

トラブルの渦中であったと実感して、緊張しつつ久遠のあとからマンション内へと入っていった。右手に郵便受けと宅配ボックス、左手に三組ほどテーブルとソファが置かれているエントランスを進み、二基あるエレベーターのうちのひとつに乗り込む。

九階の角部屋だ。中へ入ってみると、久遠の自宅よりは狭いものの自分の部屋よりはずいぶん広い1LDKは、ローテーブルとソファ以外の家具家電がほぼないせいか、がらんとした印象だった。

「よくない状況なんだ？」

転々と泊まり歩いているなら、それだけ久遠の身が危険にさらされているという証拠だ。

不安が顔に出てしまったのか、

「そうでもない」

脱いだ上着をソファに放った久遠が答える。

言葉どおりには受け止められない。たとえ悪化の一途を辿っていたとしてもそう言うはずだ、と不安に駆られたが、顔には出さずに和孝はキッチンへ立った。

「コーヒーくらいある？　それともビールにする？」

どうせ冷蔵庫に入っているのはビールとミネラルウォーターくらいだろう。ハサミを探しながら久遠に問うたのは、和孝にしてみれば仲直りのつもりだった。

「……ハサミ、ない」

料理をしないキッチンには当然包丁も見当たらず、どうしたらいいかと久遠を窺う。ネクタイも外してからこちらに歩み寄ってきた久遠は、抽斗にぽつんと入っていたサバイバルナイフを取り出した。

主に栓抜きとして使っているだろうそれにほっとし、手首を差し出す。

「それで？　どこに囲われたいって？」

結束バンドを切る前に問われても、単に帰りたくなかったという理由なので口ごもるしかなかった。

「あー……あれはまあ、気分というか、欲求不満のせいというか」

離れがたかったから、などと言うよりよほどマシなので適当にごまかす。次の瞬間、

「欲求不満か」

一言、そう呟いた久遠に腰を抱え上げられていた。結束バンドはそのままだ。

「あ、いや……」

隣室にあるベッドに仰向けに放られた。もちろんこうなることは予測していたし、歓迎

する展開ではあったが、手首の結束バンドから解放されるのが先だ。

「これ、ほんとどうにかして」

しかし、いくら頼んでも久遠は聞く耳を持たない。サバイバルナイフはいったいどこへいったのか、その手にはもうなかった。

「ちょっと待ってよ。そういうことじゃない」

こちらの話をことごとく無視したあげく、スラックスの前をくつろげたかと思うと、下着ごと一気に下ろす。

下半身だけ丸裸にされ、羞恥心でかっと頬が熱くなった。

「待ってって、言ってるし！　わ……っ」

さらには脚を大きく割られたため、すべて久遠の目にさらす格好になる。まるで踏み潰された蛙のごとしだ。

「……何回もやってるから、もう羞恥心なんてないって思ってるんなら、それ、間違ってるから」

自然に両腕で顔を隠していた和孝は、片目だけで久遠を睨む。文句を言ったからといって手加減してもらえるなんて思ってなくても、せめてもの抗議だった。

案の定、久遠は結束バンドには見向きもせず、ふっと右頬に笑みを引っかけた。

「思ってないから安心しろ」

「……っ」

それならいっそう安心なんてできない。恥ずかしがる姿を見て愉しんでいると言われたも同然で、和孝は顔をしかめた。

「悪趣味」

だが、余裕があったのもそこまでだ。

「あ」

器用な長い指が性器に触れてくる。すでに勃ち上がっていることを知らしめるかのように——実際そうなのだろう——ゆっくりと形をなぞられて、たまらず腰を捩った。

「ふ……ぅん」

「どうやら恥ずかしいのも好きらしい」

そんなふうに言ってくるからなおさらだ。

しかも否定できない。逃げ出したいほど恥ずかしいのは事実なのに、興奮しているのも本当なのだ。

「あぁ」

久遠の指が滑らかに動き出す。それが自身があふれさせた蜜のせいだと気づくと、じれったさで一秒も待てなくなった。

「もっと……触って」

腰を突き出して誘う。

これ以上焦らされたらどうしようと気持ちばかりが先走ったが、そうはならなかった。大きな手のひらに包まれ、ぬめりを広げるかのように動かされる。

「あ、あ……」

ダイレクトな快感に息が乱れ、大腿が震えだす。腹の内側にたまった熱ごとこのまま吐き出したいという欲求は、まもなく叶えられた。

背をしならせた和孝は、唇を嚙んで久遠の手の中に吐き出す。胸を喘がせながら脱力し、絶頂の余韻に浸っていたが、もちろんこれで終わりではない。

後ろへ滑っていった指にふたたび四肢に力が入る。あっさりいかせたのは潤滑剤代わりにするためだったか、と自身の吐き出したものを後ろへ塗りつけられる感触にぼんやり思ったものの、もはやどうでもよかった。

先へ進みたいのは自分も同じだ。

この部屋には潤滑剤もコンドームもないらしいが、上辺だけの触れ合いではもうおさまらない。体内を直接抉られ、搔き混ぜられる快感には到底及ばないのだ。

そのため久遠が道を作る間も気持ちが急き、あれほどみっともない格好が厭だったというのに自分からさらに脚を広げて協力もする。

「も、いい」

入り口を緩まされ、中を刺激されて頭の芯が甘く痺れる。久遠を促したが、さっきのようにすんなりとはいかなかった。

なおも執拗に指を使われる。

「だから、もういいって言って……」

焚きつけるつもりの言葉は、久遠の唇に塞がれた。

そういえばキスもまだしてなかったと、そのことに気づいた途端にじわりと胸の奥の火が灯る。口でなんと言ったところでたかだかキスひとつで懐柔されるのだからなんて安易なのかと自身に呆れるが、こればかりはどうしようもなかった。

下半身にしか用はないとばかりの扱いを受けても、この体たらくだ。

「もう怒ってない？」

「どうだろうな」

口づけを交わしながらの問いかけの答えは、期待していたものとはちがったが、それすらもう二の次になっていた。

「……ん」

なにしろ怒っているわりに久遠の口づけは甘いのだ。不自由な両手を頭上に上げて身体を密着させ、舌を絡めることに夢中になる。

そうなると体内から抜かれた指が欲しくなり、煽るように和孝は鼻を鳴らした。

「――これ以上俺に気を揉ませるなら、本当に閉じ込めるぞ」

久遠が冗談や脅しで言っているのではないと、睫毛が触れ合うほど間近でまっすぐ見つめてくる双眸に教えられる。過去、田丸との経緯があるからこその言葉だというのもわかっていた。

あのとき自分を救い出すのがどれだけ大変だったか、久遠から聞かされたことはない。おそらく今後も久遠が語る日は来ないだろう。

それでも、自分はこの先何度も思い出す。

愛を語らない久遠から、初めて受け取った深い愛の証だったから。

「……ごめん」

久遠が腹を立てたのは、それだけ案じてくれたからにほかならない。すべてを投げ出し駆けつけてきてくれたその意味をいまさらながらに実感した。

俺は会えて嬉しかったよ、なんてたとえ本音であってももう容易く口にはできない。そのぶん想いを込めて、別の言い方をする。

「だから……早く……久遠さんが欲しい」

和孝にしてみれば精一杯の誘い文句であると同時に、愛の告白でもあった。いつだって俺は久遠さんを想っているし、全部欲しいんだよと。

「和孝」

「……うん」

その想いは通じたようで、入り口に熱が押し当てられる。宥めるような口づけとはちがって半ば強引にこじ開け、もぐり込んでくる熱い屹立に和孝は身体を震わせ、不自由な両手のまま久遠の背中にしがみついた。

「あう、う……久遠、さ……」

何度経験しても久遠を迎え入れるときには必ず苦痛をともなうが、遥かに上回る悦びを感じる瞬間でもあった。

押し込むように進んでいた久遠が、最後は揺すって奥まで挿ってくる。情動のままに和孝は両脚を久遠の腰に絡めると、いっそう自身に引き寄せた。

「これでいいか？」

額に滲んだ汗を舌で拭う傍ら、久遠が聞いてくる。

「ん。いい」

和孝が答えると、

「俺もだ」

満足する答えが返ってきた。

たった一言であっても胸に染みる。短い言葉にこめられた想いを噛み締めつつ、自ら身体をくねらせて先をねだった。

肌を合わせた状態で、久遠は深い場所を刺激してくる。奥を突かれるとたまらなくなり、喘ぎ声がひっきりなしに口からこぼれ出た。

「あ……いい……もっと」

じきに足りなくなるのは当然だ。快楽の波間を漂わされているうちに、決定的な刺激が欲しくなる。

神経が剝き出しになり、脳天が痺れ、身体が制御できなくなるような刺激が。

「あぁ」

ずるりと、久遠が身を退いた。それにも感じて声を上げると、次には一気に奥まで満たされる。

内壁を擦られ、性感帯を突き上げられて我を忘れて与えられた快感を追う。知らず識らず涙がこぼれたが、気にする余裕もなかった。

「あ、うぅ……すご……」

動きが激しくなるとともに口づけも熱を増す。身体を貪ることに夢中になり、他はどうでもよくなる。

獣じみた呼吸と濡れた音を聞き、互いだけを見て、味わう。

「いく」

小さく訴えた和孝は、久遠の腹で擦られた性器から快感のままに吐き出した。が、久遠

は待ってくれないばかりか、抽挿を続けたまま和孝の性器を擦り立てにかかる。

「や、あ、あ……待」

体内が痙攣し、久遠のものを搦め捕るように吸いつくのが自分でもわかったけれど、すでにコントロールできず、過剰なほど長引く絶頂にすすり泣くしかなかった。

喉で呻いた久遠が身を退いた。

「駄目……」

あれほど待ってと訴えていたはずが、自分から引き留め、締めつける。その甲斐あってふたたび奥深くへ挿ってきた久遠の終わりを和孝は陶然としつつ受け止めた。

身体的快楽はもとより心まで満たされる。

愛なんてなくてもできる行為だからこそ、この先も久遠の身体だけ知っていればいいと思うのかもしれない、などと柄にもないことを頭の隅で考えながら。

「あ」

いつの間にか結束バンドは切られ、手首は自由になっていた。シャツの上から胸をまさぐられては余韻に浸る間もない。

「……このまままたする？」

体内にある久遠が萎えきらないままふたたび熱を持ち始めたのを感じて、窺う。自分を見てくる双眸にはまだ欲望の火があり、呆気なく和孝もその気にさせられた。

「厭か？」

「厭――ではないかな」

「せっかくいい具合に濡れてるしな」

とはいえ、この言い方はどうかと思う。自由になった両手で久遠の髪をくしゃくしゃと乱してから、わざとそこを締めつけた。

「一回じゃ足りないくらい、俺に飢えてたってことだろ」

「どう思う？」

「まあ、答えなくても身体に聞けばわかるけど」

ふっと笑ってやり、口づけからもう一度やり直す。

今度は一度目よりじっくりと時間をかけて。

「好きなだけ聞けばいい」

久遠のシャツを脱がせながら、早くも和孝は目の前の身体に夢中になった。

「――そうする」

満足してもすぐに足りなくなるのは自分も同じだ。強い欲望が自分のなかに渦巻いているのを感じる。

久遠の言葉を実行するために一度目よりも情熱的に求め、与え、本能に任せた夜を過ごしたのだった。

6

自分を呼ぶ声と髪を撫でてくる手の心地よさに和孝は重い瞼を持ち上げる。久遠はすでに髪を整え、ワイシャツを身につけていた。

「間に合わなくなるぞ」

昔もいまも、どんな状況であろうとこのひとは変わらないな。そのことに安堵し、のそりと身を起こす。

「……ん」

シャワーを浴びようとベッドを下りてから、あらためて寝室を確認した。あるのはベッドだけで、ここもがらんとしている。昨日の経緯を思い出すと、自身の単純さに苦笑せずにはいられなかった。

榊に拉致されたというのに、それより初めて来た久遠の部屋のほうが気になるなんて、と。

もっというと、数日ぶりのセックスがあまりによくて、榊への怒りとか悔しさが二の次になってしまった。

「……これだから久遠さんが呆れるのも無理ない」

昨夜の名残をシャワーで洗い流す。痕跡や匂いはなくなっても、感覚まで完全に消し去るのは難しい。

ぱんと両手で頬を叩いてからバスルームを出て昨日のシャツに袖を通し、着替えをすませた和孝がリビングダイニングに行ったとき、ローテーブルの上には二人分のコーヒーが用意されていて、久遠はソファで朝刊に目を通していた。

隣に座ると、カップを手にする。空きっ腹にコーヒーが染み渡ったおかげで目が覚め、こほんと一度咳払いをして切り出した。

「昨日は、ごめん」

榊のこと。その後無理を言って押しかけたこと。その両方に対して謝罪をする。

朝刊を置いた久遠が洗いっぱなしの髪に手を入れてきた。

髪と一緒に頭皮も撫でられて、心地よさに吐息がこぼれる。朝でなければ、いや、これから仕事でなければすぐにソファに押し倒して跨がるところだ、と昨夜の今朝でそんなふうに考えていると久遠が知ったなら、性懲りもないと笑うだろう。

「もう出ないと」

和孝がそう言うと、

「ああ」

久遠の手が離れていく。名残惜しく思いながら、次に会った際は四の五の言わず顔を見た瞬間に押し倒してやると決め、和孝はソファから腰を上げた。

マンションを出ると、朝から快晴だった。すでに人通りは多く、スーツ姿のビジネスマンに混じって和孝も足早に駅を目指す。

電車に乗るのは久しぶりだ、と通勤列車に揉(も)まれること数分。一度自宅へ戻って着替えをすませてから店に向かった。

普段より十五分ほど遅れたため、津守(つもり)と村方(むらかた)はすでに準備に取りかかっていた。

「おはよ～。遅れてごめん」

ふたりにそう声をかけたあと、それとなく津守に近づき、昨日の件で頭を下げた。

「昨日は、ありがとう」

頷(うなず)いた津守は、おもむろにポケットから携帯を出してくる。なくなったと思っていた和孝の携帯だ。

「あ、よかった」

こちらについても礼を言う。携帯ショップに行く手間が省けたし、なにより紛失したままでは気持ち悪い。

「くれぐれも用心を怠らないように。あの男は、たぶん懲りてない」

「……気をつける」

津守の忠告に、頬を引き締める。結局、久遠は榊を解放した。

久遠の判断は納得できる。木島組の身辺がこれほど騒がしいときに榊の身になにかあったとなれば、いっそうの混乱を招くはめになるのは火を見るより明らかだ。死人まで出ている以上、ひとつのトラブルが致命傷になりかねない。

おそらく野放しにしているわけではないだろうが、いまの木島組には榊より重要視することがあるのだから、自分は二度と久遠の手を煩わせるような不用意な事態は避けなければならない。

「なんですか。ふたりして難しい顔して」

なにも知らない村方がひょいと間に入ってきた。村方にも昨日の件は話すべきだろう。そうなると村方の父の耳にも入るが、どのみち明らかになることだ。と、津守と視線を交わしたそのタイミングで、携帯の着信音が鳴った。

朝からなんの用事なのか、かけてきたのは父親だった。

「ちょっとごめん」

ふたりから離れて電話に出た和孝に、朝の挨拶もなく父親が用件に入る。

『こっちの書類は揃ったから、あとはいつでも時間が空いたときに出向いて、署名捺印を頼む』

「…………」

父親の言い方に引っかかり、了承を躊躇う。

「いま、家から？」

　この問いへの返答は、父親からではなかった。

『おはようございます。朝からお父さんにご足労いただいたんです。あとは和孝くんが時間があるときに事務所に来てもらったら――月の雫は正式にきみのものだ』

「……っ」

　思いがけない声を聞いて、ひゅっと喉が鳴った。どうしてと疑心でいっぱいになり、和孝は震える唇をなんとか動かした。

「……榊、先生」

　あんな事態を引き起こしておきながら、まさか平然と事務所に出ているというのか。榊はまるで何事もなかったかのように、いつもどおりやわらかな声を聞かせる。

『次の定休日で大丈夫かな』

　津守も異変に気づいたようだ。途端に顔を強張らせ、首を横に振った。切れという合図だとわかったが、それではすまなかった。

『それともお昼の休憩時間がいいかな。明日は無理だけど、明後日なら僕も時間を空けられるよ』

　まるで悪びれない榊に、和孝はぎゅっと携帯を握り締めた。

「まさか、俺の次は父をどうにかする気じゃないでしょうね」

そんな真似をしたら許さないと声音に込める。

『え』

あははと榊は屈託のない笑い声を響かせた。

『そんな意味のないこと、どうしてするの。お父さんは大事なクライアントだけど、すべてはきみのため。ねえ、柚木さん』

と父親に同意まで求めるなど、どういうつもりなのか。厚顔という表現では到底足りない。

『じゃあ、予定が決まったら連絡してください。もちろんひとりで心細ければ、彼――津守くんだったかな、一緒に来てくれてもいいし』

あっけらかんとした声音には、いったいなんなんだと混乱すらしてくる。

昨日、確かに自分は榊に一服盛られ、連れ去られた。わずか数時間だったが、いま思い出しても不愉快だし、軽率だったと自省もしている。

反して、榊の脳天気さはどうだ。沢木に馬乗りになられて危うく死にかけたのを忘れたとでもいうのか。

「……どういうつもりですか」

意図を測りかねて榊に問う。

『なにがだ？』

だが、すでに父親に代わったあとだった。ぐっと息を呑んだ和孝は、下手に父親を巻き込むわけにはいかず、取り繕うしかなかった。

「いや……なんでもない。こっちの話。あとは全部俺がやっておくから、もうかかわらないでくれないかな」

厭な言い方になったとしてもいまさらだ。どうせ今回の件が片づけば、父親とはまた疎遠になるのだから。

いまは一刻も早く父親を榊から離さなければならない。

『わかった』

その一言で電話を終えると、渋面の津守と顔を見合わせる。

「あのひと……どういうつもりなんだ？　仕事に出てるし、対応も普通だった」

津守が顎を引き、久遠の名を出した。

「個人的にも、組としてもいま自分には手出しできないと思っているんだろう」

津守の言うとおりだ。木島組の身辺は不安定できな臭い。本筋以外のトラブルを避けるはずだ。榊はそれをわかっていて、高をくくっているのだ。

それに、事は木島組だけではすまない。榊の身になにか起これば、自分やPaper Moonにも火の粉が降りかかってくる可能性は高い。また面白半分で元ＢＭのスタッフと取り上げられた場合、より不利益を被るのはこちらのほうだ。

昨日、あの場でそこまで考えて久遠は沢木を止めたのだと、いまになって痛感する。

「オーナー……津守さん……」

ひとり蚊帳の外に置かれた村方が、いまにも泣きそうな表情で詰め寄ってきた。

「なにがあったのか、教えてください」

「わかってる。お昼に話そう」

開店準備があるし、順序立てて考える必要もあった。

榊洋志郎という男を、自分の常識に当てはめて考えるのはやめたほうがいい。これまで会ったことのないタイプだと、快活な声を思い出しながらどこか不思議な感覚に囚われていた。

いや、そんなことはどうでもいい。榊とは二度と会わない。もしまた向こうから接触してきたときは、それなりの対処をすることも視野に入れている。

自分ひとりでやれると過信せず、頼れるところは津守にも頼っていくべきだ。

それでいいよな、と今朝別れたばかりの久遠を思い浮かべる。途端に胸の奥がきゅうっと疼くのは、もはやどうしようもないことだった。

組や我が身のみならず、和孝自身のことまで考えて榊を解放しただろう久遠の気持ちが単純に嬉しかった。

厨房で下ごしらえをする間もなかなか平静にはなれない。会うことはないと思っていたときになまじ顔を見たせいか、今後はなおさらストレスが溜まりそうだ。

和孝は久遠の手で撫でられた感触を忘れたくて、乱暴に頭を掻いた。それでも完全に消し去ることは難しい。はっきりとそこここに残っている。

完全に消えてしまう前にすべて終わらせて会えるといい。そう心中で呟くと、なんとか仕事モードに意識を切り替えた。


同じ日の午後九時四十五分。

久遠は、普段どおり沢木の運転する車の後部座席に腰を据え、帰宅の途についていた。

昼間の天気とはうってかわって上空には分厚い雲が張り出し、月も隠れ、いまにも一雨きそうな湿気が車中にも漂っている。

ぽつり、とフロントガラスに雫がひとつ落ちた。

「雷雨の予報が出てます」

ワイパーで雫を拭った沢木の言葉を受け、久遠は流れていく夜の街へと視線をやる。だが、すぐにまた前へ戻すと、さっきまでと同じように伏し目がちに一点を見据えた。

思考を整理するのに、存外車中は最適の場所だ。不動清和会の若頭という肩書以前に木島組の組長としての責務をまっとうすることが、久遠にはなにより重要だった。

それを承知しているため、沢木はめったに口を開かない。雨を告げたのは、車を降りる頃には本降りになるかもしれないという運転手としての報告にすぎなかった。

今夜は、広尾の自宅へ向かっている。

昨日は四谷で、一昨日は事務所の近くの部屋だった。騒動の大小にかかわらず、木島組に何事か起こった際、久遠は直前に帰る部屋を決めるのが慣例となっていた。

木島組は、組長ありきのワンマンな組織だ。若頭と若頭補佐も、そのために尽力していると言っても過言ではない。実際、現在のやり方の正しさは結果となって表れ、代替りしてからというもの木島組は急速に力をつけていった。

久遠自身、組員とその家族に対する責務から、我が身を危険にさらすわけにはいかないという考えに則って行動している。

「……榊洋志郎、か」

榊は、目を惹く男であるのは間違いない。整った容姿と人懐っこい笑顔、弁護士としてもやり手で同業者からの評判もいい。みなが手放しで褒め称えるのも頷ける、文句のつけようがない男だ。

半面、三島のような他人を威圧するオーラもなければ、上総のような聡明さや宮原のような柔軟さがあるかと言われれば——答えは明白だった。

昨日、久遠の目には、どこにでもいるストーカー気質の男に見えていた。

表面をスパンコールでコーティングした男。実際、それこそが榊の本質と言ってもよかった。

だが今日、榊は異質な行動に出た。昨日の出来事など忘れたとでもいうのか、休日出勤して働いているのだ。

現状で自身に危険が及ぶことはないと判断したのだとしても、一度やくざに目をつけられたとなると通常ならそういう思考には至らない。一度退き、態勢を立て直すのがセオリーだ。

なにを考えているのか、それともなにも考えていないのか。あるいは、そう見せかけているのか。

あの男の特異さは、威圧感、聡明さ、柔軟さどころか、危機感すら持ち合わせていないことにあるようだ。

「あいつ……早いところどうにかしたほうがいいです」

沢木が自身の意見を口にするのはめずらしかった。それだけ榊に対して怒っているし、危険を感じてもいるのだろう。

久遠にしても同じ考えであるのは間違いない。野放しにするには、リスクが大きすぎる。斉藤組関連をまずは優先すべきだが、いっそ榊もろとも潰しておくのが手っ取り早いと考えないはずがなかった。

　それには綿密な計画が必要になる。まずはあの男が清廉潔白な弁護士ではないと暴くことからだ。

「そのときは、俺にやらせてください」

　赤信号で停車した途端、沢木が気を吐く。

　これにも返答しなかった久遠は、視線を前方へ向けた。

「青だ」

「……あ、はい」

　車が動きだす。

　その直後だ。久遠は沢木の名前を呼んだ。沢木は即座にブレーキを踏み、ハンドルを大きく左に切った。

　直進道路から大幅にそれたベンツに、猛スピードで白いバンが突っ込んでくる。黒い車体にバンが激突する衝撃音が、一キロ先まで響き渡った。

　ベンツが弾み、タイヤがアスファルトでバウンドする。まるで杭が突き刺さったようにベンツの車体に食い込んだバンからは白い煙が上がっていた。

　夜の交差点が静寂に包まれる。

　一分、二分。実際はほんの数秒だったかもしれない。音を取り戻したそこにはあっという間に人だかりができ、悲鳴や怒号で騒然となった。

多くの携帯のカメラが向けられるなか、ベンツからもバンからも誰ひとり降りてくる者はいない。ドアは固く閉ざされたままだ。

ただ鉄の塊となった二台の車がそこにはあった。

遠くからサイレンの音が聞こえ始める。

本格的に降り始めた雨がアスファルトと鉄の塊を叩き、ガソリンの臭気が冷えた空気に混じってじわりと広がっていった。

それはまさにドラマのワンシーンのような光景だった。

あとがき

こんにちは。高岡です。

このあとがきを書いているいまはまさに自粛生活のさなかです。これって夢なんじゃないかなと、ときどきふと不思議な感覚に囚われるくらいですよ。

常日頃から引きこもり生活を好んでいる身ですら息苦しさを感じるので、アウトドア派の方はさぞ大変な思いをされているだろうと想像していましたら、まさにそのタイプの家族は家の中での愉しみ方を日々見つけているようです。

何事も受け止め方次第ですね。

さておき、内容についてですが、今作はとてもすっきりしないラストシーンになっているかと思います。

が！　次巻ではちゃんときりのいいところまで進みますので、どうか安心してお手にとっていただけますと嬉しいです。

もうひとつ、今回の巻末ＳＳは、ふたりが再会した際の久遠視点になります。前回の出会い編に続き、過去シーンの久遠視点、ふたたびです。

少しでも愉しんでいただけましたらいいのですが。

イラストはもちろん沖先生です。沖先生、お忙しいなかありがとうございます！　今回もどんなふたりを見せていただけるのかといまから愉しみです！

担当さんもいろいろ励ましてくださって……おかげさまで自粛生活で落ち込みがちだったところ書き上げられました。

こういうときだからこそ、いろいろな方の尽力のおかげで新刊を出していただけるという根本に立ち返り、感謝と、幸運を嚙み締めているところです。

ＶＩＰシリーズ本編も、おかげさまで今作で十六巻となりました。お迎えくださった方、本当にありがとうございます！　少しでも日々の癒やし＆気晴らしになりましたら、これ以上の喜びはありません。


それではまた。次巻でお会いできますように。

高岡ミズミ

VIP Memories
涙は、こぼさない

久遠があの場に居合わせることになったのは、いくつかの偶然が重なった結果だった。

BMに駆けつけた宮原が私的な問題を抱えているらしいこと。別室にいたお忍びの要人の手前、警察沙汰にしたくなかったこと。たまたま自分がBMの近くを車で走っていたこと。

『普通なら柚木くんに任せてたら大丈夫なんだけど――ほら、柚木くん、その筋のひとが苦手でしょう?』

携帯越しの宮原の言葉に、後部座席で久遠は苦笑せずにはいられなかった。「その筋のひとが苦手」になった要因が自身にあると自覚していたからだ。

『もしものときのために、ご足労いただけると助かります』

やけに慇懃な申し出を受け、腕時計に視線を落とす。

幸い時間はある。にもかかわらず即答を避けた理由はひとつ。その「もしも」の事態に陥ったとき、自分と顔を合わせた和孝の反応が容易に想像できるからだった。

これ以上ないほど驚き、戸惑い、嫌悪をあらわにするにちがいなかった。

とはいえ、宮原の頼みである以上、ＢＭの出資者として無視はできない。了承して電話を切る。

「ＢＭへやってくれ」

行き先を変えてからも、久遠自身複雑な心境にあった。

捨て猫を拾ったも同然の気軽さで和孝を居候させたのは、すでに七年も前のことだ。

裏社会に足を踏み入れることを最後まで渋っていた木島と親子の盃を交わして二年たった頃で、いまよりずっといろいろなことに気が立っていた。

プレッシャーはもとより、それ以上の野心もあった。

家出少年を拾ってしまったのはそのせいだろう。

一緒に来るかと誘ったのは二、三日という意味だったし、ましてやなにかしようなどというつもりはなかった。

手を出してしまったのは、つい魔が差したというほかない。半面、拒絶されるとも思っていなかったのだからなにを言おうと逃げ口上になるだろうが。

少しは懐いてもいいはずなのに、肌を合わせてからも和孝は変わらなかった。依然として距離を置きながら、一方で注意深くこちらを窺ってくる様はまさしく捨て猫そのものに見えた。

そういう部分を含めて意外に心地よく、二、三日のつもりが一週間、二週間と延びていった。あえてこちらから出ていくよう言わなかったため、和孝は警戒心こそそのままだったがすっかり居着いた、と思っていた。

まさか突然出ていくとは——当時、少なからず驚いたのは事実だ。それなりにうまくやっていた、という以上に和孝には行き場がなかった。

いや、行き場ならいくらでもあったか。

あれほど人目を惹く容姿で家出中だと知れば、寄ってくる者は多かったはずだ。下心のある人間なら間違いなく目をつけただろう。

宮原に拾われたのは幸運だった。

——すっごく綺麗な子を見つけた。もうピカピカ。磨けばもっと光るよ！

めずらしく興奮ぎみにそう言ってきたとき、すでに宮原のなかには自分の後継者にしたいという思惑があったにちがいない。ＢＭに対して一歩引いたところのある宮原が、そのときやけに嬉しそうに見えた。

過去に思いを馳せていた久遠は、停車したことに気づき、後部座席のドアを開けて外に出る。通用口から館に入ってまもなく、普段とはちがう様子のスタッフに目を留めた。

こちらを見て顔色を変えたのは、スタッフとしてはまっとうだ。やくざとのトラブルのさなか、さらなる火種になりかねない人間がやってきたのだから警戒するのは正しい認識だろう。

「あららぎの間か?」

通りすがりに一言問うと、頬を強張らせつつもスタッフは頷いた。

階段を上がり、二階の奥へと足を進める。玄関ホールや会議室、広間のある部分は鉄筋コンクリートにリノベーション済みだが、客室は昭和初期のままの趣を残している。修復をくり返しながらも当時の木造建築を保っているのは、ＢＭ自体が古き良き時代の遺産だからにほかならなかった。

何事もないようなら黙って引き返すつもりだった久遠だが、ドアの前に立った直後、怒声を聞いた。

「んだよ。誰だおまえ。怪我したくなかったら引っ込んでろ」

確かに、ＢＭではめずらしい類いのトラブルだ。

ＢＭは富裕層を対象にした会員制クラブだ。いくら同伴者の素性を問わないとはいっても、プライドの高い会員が自身の価値を下げるような者を連れてくるなど考え難い。やくざならなおさらだった。

もっとも、会員が弱みを握られているというなら話は別だろう。

微かに聞き憶えのある声が耳に届く。気の強さが表れた双眸に怒りが満ちる様が手に取るように伝わってきて、相変わらずだと久遠はため息をこぼした。

さすがに怒鳴り返すことはないようだが、やくざ相手に一歩も引かない気丈さは火に油を注ぐだけだ。特にメンツばかりを気にするやくざとなれば、この後の展開は決まっている。

「ふざけるなよ！　このへんはうちのシマなんだ。なんなら明日から営業できないようにしてやってもいいいんだぜ」

案の定、頭に血が上ったがなり声に久遠は眉間を指で押さえたあと、その手でドアを開けた。ほぼ同時に、

「てめえッ」

男が和孝へ向かって手を伸ばすのが見えた。幸いにも胸倉に届く前に、男はこちらに気づいたらしかった。

「誰のシマだって？」

男の動きが止まる。顔色も一変した。状況を把握するだけの分別は持ち合わせているらしい。

一方で、久遠が意識を向けていたのは男ではなく、当時よりも大人になった和孝だった。

背丈が伸び、面差しから少年らしさが抜け、ずいぶんと大人びた雰囲気になった。半

面、他者に対する警戒心は相変わらずで、張り詰めた横顔には驚きのみならず、戸惑い、怒り、疑心が明瞭に表れていた。

「どこの組の者だ？　ここがその組のシマなのか、俺が確認とってみようか」

男への対処は、一言で事足りた。男は背中を丸めて逃げるように立ち去り、目の前には肩を怒らせ、懸命に平静を保とうとする和孝が残った。

心なしか震えて見えるのは、けっして勘違いではないはずだ。想定外の再会になったのだからそれも致し方ない。

久遠自身、今日の今日まで会うつもりはなかったので不測の事態ともいえる。

「平気か」

それゆえ、なにに対して自分がそう問うたのか判然としなかった。気遣いからではないのは確かだ。

身を強張らせていた和孝の視線がようやくこちらへ向く。昔と同じ強いまなざしは無垢にすら見えるが、視線が合った瞬間、まるで死人にでも遭遇したかのような表情をされては苦笑を禁じ得なかった。

「久しぶりだな。相変わらず威勢がいい」

久遠にしてみれば単なる感想にすぎなかった。

和孝はそう受け取らず、どうやら揶揄されたと感じたらしい。

「し……失礼します」

掠れた声で誰ともなしに小さく呟き、すぐに部屋を出ていった。

意外な反応に、久遠は黙ってその背中を見送った。

驚くだろうとは思っていた。しかし、想像していたものとはちがった。実際の和孝は驚き以上に、自身を守ることのほうに躍起になっているようだった。固く縮めた身体がそれを物語っていた。

「それで？」

宮原もそう思ったから、ふたりきりになった途端、子を案じる親も同然の表情をするのだろう。

「うちの柚木くんと知り合い？　なんだか訳ありに見えたのは、僕の勘違いじゃないと思うんだけど」

ＢＭのオーナーだけあって宮原は察しがいい。もっともいまのは宮原でなくても不穏な空気に気がついたはずだ。

他者の前だというのに、取り繕えないほど和孝は動揺していたのだから。

「訳あり、か」

久遠は肩をすくめただけで、明言を避ける。実際、どんな訳なのかと聞かれたところでたいした返答はできそうになかった。

それゆえこの話を続けるつもりはなかったが、宮原が不満そうに眉根を寄せた。オーナーとして到底看過できないという強い意志も伝わってくる。

出資者であろうと出入り禁止と、いまにも宣告しそうな勢いの宮原に、両手を挙げて降参の意を示した。

こうなった以上、はぐらかせばはぐらかすほどこちらの分が悪くなる。

「家出をしたばかりだったあれを拾って家に住まわせていた」

だが、この説明は宮原を困惑させたらしい。

「え……家出したばかりって、僕が柚木くんと会う前に？　ということは……僕と久遠さんが……」

それも当然かもしれない。偶然というにはあまりにできすぎている。始まりは、宮原にしても自分にしても、外見に似合わず常に気を張っていた和孝に興味を持ったからにほかならなかった。

「これっていろいろ聞いてもいい話？」

そこまで口にした宮原は、慌ててかぶりを振った。

「やっぱりよけいな詮索はやめとこう。ていうか、知るのが怖い」

おそらく宮原は、藪をついて蛇を出すような事態は避けたいのだろう。自身に言い聞かせるかのようにそう呟く宮原に対して、特に話すことはなかった。仮に詮索されたところで話せることはなにもない、というのが正直なところだ。

「いまの男がなにか言ってくるようなら連絡してくれ」

一言だけで部屋をあとにした久遠は、車へ戻ったあと、ふたたび和孝の様子を脳裏によみがえらせる。

どうしてあんな顔をしたのか。

ひどく痛そうで、心なしか怯えすら見て取れた。なにも言わずに突然消えておいて――あの顔はない。

「親父」

ハンドルを握る沢木が躊躇いがちに、緊張感を滲ませ声をかけてきた。

「なにか、厄介事ですか」

「いや――」

否定しかけて、途中で言葉を切る。

沢木に気づかれるほど、自分が先刻のことにこだわっていると気づいたためだ。

今日のような事態にならなければ会うつもりはなかった。これについては事実だ。去った者を追う趣味はないし、自分のような人間と関わることがいいか悪いかなど論じるまでもなかった。

だが、そんなのは所詮表向きだ。そもそもやくざが一般常識を語るなど愚の骨頂だろう。

「…………」

実際のところ、現れたときと同じで、ある日突然捨て猫が出ていった、それだけのことだと思っていた。

今日、和孝の顔を見るまでは。

ようするに、そう単純な話ではなかったというわけだ。

「なんでもない」

沢木の問いへの答えを返す。心中で、やけに引きずっていたはずだと自身の心情に納得しながら。

和孝がどうするか。あとはそれだけだった。

翌日、久遠は初めて客としてＢＭを訪れた。そもそも会員になる気すらなかったが、自分を迎え入れるときの和孝の表情、態度で、面倒な手続きを踏んだ甲斐はあったと満足する。

「マネージャーに案内してもらおうか」

酔狂な真似をしてみたのもそのせいだ。

「困ります。仕事がありますので」

あからさまに身構え、拒絶をあらわにする和孝の反応は思いのほか久遠を愉しませてくれ、つい意地の悪い言い方をしてしまったのも同じ理由からだった。

「スタッフの手本とならなければいけないマネージャーが、客の希望を断るって？　それにこの時間なら俺が最後の客だと思うが」

「……………」

果たして自分がどういう表情をしているのか、和孝に自覚はあるのだろうか。懸命に平静を保とうとしているが、うまくいっているとは言い難い。どうしていま頃現れるんだ、と和孝の悪態が聞こえるようだった。

俺に隙を見せるのが悪い。

心中でそう呟いた久遠は、前を行く背中を眺めながら、このあとのことを考える。

昨日も今日も、和孝は必死になにかを堪えているように見える。憎しみというには複雑で、怒りほど曖昧ではない。まるで傷ついたとでも言いたげだ。

無理やり胸をこじ開け、探り、この手でその傷に触れたらどんな顔をするだろうか、とうっかり想像してしまうのは久遠にしてみれば致し方のないことだった。

案内された部屋に入り、和孝がグラスや氷を用意する様を目にする間も悪趣味な思考を巡らせる。どれほど取り繕おうとしても、早く立ち去りたいという気持ちが透けて見えるせいで、なおさらすぐに解放する気は失せた。

「一杯奢るからつき合ってくれ」

和孝が小さく息を呑む。あからさまな拒絶が伝わってきたものの、気づかないふりをした。

「変わらないな。昔も懐かない猫みたいだった」

昔を思い出し、口許が綻んだ。こちらが知らん顔しているうちはじっと目で追い、様子を窺ってくるのに、いざ手を差し伸べると途端にガードを堅くする。その姿に、内心何度笑ったか知れない。

ペットを飼うと帰宅が早くなるとよく耳にしたが、あの頃はまさにそんな心地だった。

「そういえば、あれのときもそんなだったな」

「あ……れ?」

厭がられるのは百も承知で、怪訝そうに眉をひそめる和孝を見据え、先を続けた。

「イイコト、しただろう?　ふたりで何度も」

「……な……に言って」

「痛くなかったはずはないのに、おまえは一度も痛いとは言わなかった。目尻に涙をためても、一度もこぼさなかった。声を殺して我慢している顔を、いまでもはっきり憶えているよ」

いくらなんでも構い過ぎだ。

自身に呆れた久遠だったが、

「……ふ……ざけんなっ」

本性をあらわして噛みついてきた和孝を見て、やっとかとほくそ笑む。この顔が見たかった、と。

「ようやく仮面が剥がれたな。澄ました顔ばかりじゃ、話もできない」

「話？　あんたとする話なんかない！　いまさら俺の前に現れんな。俺はあんたとなんか会いたくなかったんだ！」

逆効果だ。

和孝が感情的になればなるほど、会いたくなかったと拒絶すればするほど、本心はちがうと打ち明けられているような気分になる。

「和孝」

激情に震える和孝に手を伸ばした。

「触んなっ」

触られたら終わりとでも言わんばかりの勢いで、和孝は腕を振りほどいて逃れた。弾みでテーブルの上のグラスが倒れ、音を立てて割れる。我に返った和孝は唇を震わせると、狼狽したことに後悔を滲ませ、謝罪の言葉を口にしてから部屋を出ていった。

ひとり残った久遠は、砕けたガラスの破片に目を留める。

あの跳ねっ返りはどう出るだろうかと、愉しみながら。

後片付けは他のスタッフに任せるべきで、自ら戻ってくる必要はない。そう思いつつも久遠には確信があった。

きっと和孝本人が戻ってくるだろう。唇を引き結び、両脚を踏ん張って自身を守るために何重にもガードを堅めて。

去る者を追う趣味はないし、逃げたいなら逃げればいいと思っていたが、こうなったからにはもはや素知らぬ顔をするわけにはいかなくなった。

もし厭なら全力で逃げればいい。こんな近くにいては、捕まえてくれと言っているようなものだ。

久遠はいつにない昂揚感を味わいつつ、部屋のドアが開くのを待った。

『VIP 流星』、いかがでしたか？
高岡ミズミ先生、イラストの沖麻実也先生への、みなさまのお便りをお待ちしております。

高岡ミズミ先生のファンレターのあて先
〒112-8001 東京都文京区音羽2-12-21 講談社 文芸第三出版部「高岡ミズミ先生」係
沖麻実也先生のファンレターのあて先
〒112-8001 東京都文京区音羽2-12-21 講談社 文芸第三出版部「沖麻実也先生」係

N.D.C.913　222p　15cm

高岡ミズミ（たかおか・みずみ）

山口県出身。デビュー作は「可愛いひと。」（全9巻）。

主な著書に「VIP」シリーズ、「薔薇王院可憐のサロン事件簿」シリーズ。

ツイッター　https://twitter.com/takavivimizu

HP　http://wild-f.com/

講談社X文庫

white heart

VIP　流星

高岡ミズミ

●

2020年8月3日　第1刷発行

定価はカバーに表示してあります。

発行者――渡瀬昌彦

発行所――株式会社　講談社

東京都文京区音羽2-12-21 〒112-8001

電話　編集　03-5395-3507

販売　03-5395-5817

業務　03-5395-3615

本文印刷―豊国印刷株式会社

製本―――株式会社国宝社

カバー印刷―半七写真印刷工業株式会社

本文データ制作―講談社デジタル製作

デザイン―山口　馨

ISBN978-4-06-519975-6

ホワイトハート最新刊

VIP 流星

高岡ミズミ　絵／沖 麻実也

流れる星は、どこへ落ちるのか……？　和孝に急接近する敏腕弁護士・榊。その清廉な印象とは裏腹に、榊の中に何か危ういものを感じとった久遠は、彼への警戒を強めるが……。急転直下のシリーズ最新刊！

炎の侯爵令嬢

火崎 勇　絵／幸村佳苗

あなたにすべてを捧げたい……。姉と二人きりで森の奥に暮らす娘アマリアは、街で出会った貴族のレオンと恋に落ちる。身分違いから彼の妻となることは叶わなくとも自ら望んで彼に抱かれて——。

ホワイトハート来月の予定（9月5日頃発売）

ブライト・プリズン　学園の薔薇は天下に咲く…………犬飼のの

メスを握る大天使（ミカエル）…………春原いずみ

※予定の作家、書名は変更になる場合があります。